流水似的走马

鲍尔吉·原野 散文精选（青少版）

鲍尔吉·原野 著

时代文艺出版社

图书在版编目（CIP）数据

流水似的走马 / 鲍尔吉 · 原野著.—长春：时代文艺出版社，2021.1
（鲍尔吉·原野散文精选：青少版）

ISBN 978-7-5387-6540-3

Ⅰ. ①流… Ⅱ. ①鲍… Ⅲ. ①散文集－中国－当代 Ⅳ. ①I267

中国版本图书馆CIP数据核字（2020）第233305号

出 品 人　陈　琛
产品总监　邓淑杰
责任编辑　曾艳纯
装帧设计　紫图装帧
排版制作　隋淑凤

流水似的走马

鲍尔吉 · 原野 著

出版发行 / 时代文艺出版社
地址 / 长春市福祉大路5788号　龙腾国际大厦A座15层　邮编 / 130118
总编办 / 0431-81629751　发行部 / 0431-81629755　北京开发部 / 010-63108163
官方微博 / weibo.com / tlapress　天猫旗舰店 / sdwycbsgf.tmall.com
印刷 / 三河市天润建兴印务有限公司
开本 / 710mm × 1000mm　1 / 16　字数 / 134千字　印张 / 12.5
版次 / 2021年1月第1版　印次 / 2021年1月第1次印刷　定价 / 38.00元

图书如有印装错误　请寄回印厂调换

序 言

吹我的风已经渡过了黄河

今早跑步，我看到北陵公园的湖水上有一圈波纹儿，风吹到了水上。哪有风？我没有感觉到风。走进树林，看树叶微微晃动，这时候我才感到风吹在脸上。就是说，我把心里关于风的开关打开后，皮肤才感觉到微风拂过。

以这件事为例，人这一生不知错过了多少与大自然接触的机会。你忽略了大自然。大自然对你来说根本不存在。大自然没从你心头走过的话，这一生都令人遗憾。大自然不光有四季，以及天空、大地和植物。对人来说，它有教益，有力量。我甚至喜欢用一个病句来表达我的感受——大自然里面有人生。

我常常在大自然里面流连忘返，我不知道我看到了什么，但一直在看。树林里前后左右的树，都是你的观察对象，还有地上的枯叶以及昆虫。眼前的风景似乎是静止的景象，实际它每一秒钟和上一秒钟都不一样，实时更新。在桥上，我喜欢看流水钻进桥洞。我想记住这些水，但它们没有面孔五官，不好记。然后我到桥另一侧的栏杆旁，看水匆匆流出来，像羊群从羊圈跑向四方。水流是拥挤的，也是汹涌的。它是急切的，还是大度的。当然你可以想到水里的鱼。河床下面有石子和苔藓。我觉得这都是秘密。这很神奇，只有我才知道。

今年我看了一部日本电影《有熊谷守一在的地方》，记录一位九十多岁的日本画家熊谷守一在居所里的生活。他的房子周围有树、水塘、青草，当然也有小鸟昆虫。他每天都在凝视大自然的这些作品——树，水塘，青草，小鸟和昆虫。有时候，他在摊开的手心摆放两个石子看上几个小时。在看这部电影之前，我不敢对别人说我也是凝视大自然的人，我怕别人把我当成傻子。功利主义浓厚的社会文化蔑视那些不劳动的人。但是，既然熊谷守一可以如此，我们一动不动地看一个地方也没什么不可以。有时候，我看漓江园窗前的皂角树的枝叶在风中起舞。一阵风吹过，树枝摆动的样子各不相同。就像一个跳舞的人的上肢和下肢在做不同的动作。而风穿过这些枝叶是愉快的。这些枝叶挡住了风的去路，但风毫不犹豫地穿过去，把树留在了后面。风永远是一个胜利者。前面说过的吹起北陵公园湖面波纹的风，后来去了哪里？风停不住脚步，它一直往前跑，往西——众所周知，风喜欢拐弯儿——然后再往东。我觉得这些风，现在已经吹到了河北省，它们正吹麦子。也有可能渡过了更远处的黄河。吹过我的风又去吹树叶，吹昆虫，吹小鸟，想到这些我觉得很愉快。有时候我会遇到一只甲虫的鲜艳的尸骸，不知道它因为什么死了。昆虫也许连心脏都没有，怎么会死呢？我用纸巾把尸骸包起来，过一会儿或者过几天再拿出来看一看。看它的鲜艳的外壳以及风干了的手足。它仿佛在说一件事，但我们永远不知道这是一件什么事。

我喜欢在大地上走，说得更具体是在荒野里行走。沈阳北边有好多荒凉的土地。开发商把耕地买过来，还没来得及盖楼。这些土地按着大自然的样子尽情地疯长各种各样的植物，植物的种子是被风吹过来的。几场雨水之后，草木变得十分茂盛。没人在这样的地方行走，路面不平坦，走上去一定跌跌撞撞。在这样的地方走久了你走路的姿势会变得像一个猎人或者牧民，迈大步用力走。荒地里有许多东西吸引我。比如一个巨大的树桩，里面的木头已经腐烂了，蚂蚁把这里改造成四通八达的宫殿。我还在荒地里看过一只鸟左边的翅膀，太奇怪了，不是一根鸟的羽毛，而是一只翅膀。它怎么会流落到这里呢？在荒地行走，好多小鸟飞到你前面，好像去报信儿。我坐下来休息，看到离我一尺远的地方，一个黄色的东西动起来，像香瓜。它往前爬，而且回头看了我一眼。这是松鼠，皮毛黄色，脊梁上有一条黑线。最好笑的是它看我的那个眼神，很迟钝，像对我不满意，打扰到它了。这多有意思啊。这时候我享受到了昆虫松鼠才能享受到的幸福。

童年，我跟家属院的小孩儿一起玩的时候每每显出无能。他们能在墙头上走，还能在墙头跑。我完全不能。别的事情，比如说制作冰车、制作弹弓火药枪，我也不行。我从小就具备一无所长的特长。现在回忆童年，好像我一直是个静默的观察者，却没有技术。那时好多人说我是废物，开始不是很爱听这个评价，现在恍然大悟，废物多好啊，废物就像草原突兀长着的一棵榆树，它不成什么材，方圆几公里只有这棵树，沐浴着阳光和雨水，幸福。

我们都是大自然的子孙，在上天面前我们都是废物。我站在荒野里，想象我的视角从高空往下看，像无人机拍摄那样，到很高的高处俯瞰站在荒野里的我，不过是大自然里边的一粒沙子，如此而已。我们看到大自然的美，听到风声，这就足够了。不断地在生活中追索意义，自我加压，榨干自己的血汗，是一件很要命的事情。我们的生活里，除了金钱有意义晋阶有意义外，美也有意义，美的意义就是美，如同我们在大自然当中所看到的那样。

我们喜欢用安静这个词来形容大自然。比如你走在树林里，觉得周围很安静，如果你真正进入大自然成为它的一员，会觉得这里面很热闹。蚂蚁和螳螂在地面上忙忙碌碌，小鸟正站在树杈一个隐蔽的地方，用滴溜溜的眼睛盯着你。风从这里走过，每一片叶子都做出回应。太阳光照在树叶上产生不同的反光。前面说到九十多岁的画家熊谷守一，从早晨开始就趴在庭院的水塘边或坐在小椅子上看鱼或草木。他穿的和服后面系一块动物皮毛的屁股垫子。他看螳螂，看小鸟，看水中晃来晃去的光的影子，就这样度过一天，用他那双九十多岁人的亮晶晶的眼睛看着一切。吃完晚饭，他夫人会提醒他说，你该画画了。熊谷守一有些委屈和不满地说：你们这些不画画的人真幸福。这句话也是很有意思的。我自己也想过那些不写作的人多幸福啊。在火车站扛麻包的力工肯定也想不扛麻包的人多么幸福。我曾经见过一个每天都要陪别人吃饭喝酒的人说不喝酒的人多幸福。人总是这山望着那山高。但熊谷守一的话里还有话。他观察大自然并用绘画这种样式记录大自然，他会觉得根本画不出来它的美，观察幸福，画不幸福。就像用文学的方法记录大自然的美也仅仅记录了一点点而已。传达大自然是多么困难的一件事情。

如果非要在大自然当中找到一种所谓意义，其实这里面有非常大的意义。人从类人猿进化成人之后，估计还没有走到终点，也许还走在半路上，他脱离不了大自然。大自然对人的意义不仅是气候与环境，它还是人的导师。人从大自然中所学到的东西一点不比所谓知识提供的要素少。熊谷守一每天忙于安静地观察树叶、昆虫和石子儿，眼睛亮晶晶的。他不会去翻阅智能手机也不看电视节目。他好像也不怎么读书，读书对一个九十多岁的人也有一些困难。你说他脱离时代了吗？他走在时代的前面。你说他内心荒芜了吗？他的内心非常丰盈。我以为我很理解他的幸福。

《流水似的走马》《仰望一棵沉思的树》《向四季躬身致谢》这几本书是从我的文集中重选的一个精粹选集。“精粹”这两个字并非说我写得好，是指编选者把我书写大自然的一些好的篇章集中到这里，既是对大自然的记录，也是对大自然的赞美。人度过这一生，如果没有机会对大自然说一说感恩的话，这个人注定是白活了。我觉得写作这件事情，勤学苦练没有什么太大的作用。写作的核心在于天赋，“天赋”在这里的含义是指老天爷把这样东西赋予你了，让你的手上长了一种本领，即写作的本领。一个人有了这个本领之后，最值得写的就是大自然。大自然的美时时刻刻在我们身边发生，只是穿着四季的外衣或者河流和云彩的外衣，那里是生命能量的原点，也是艺术的源头，是只有少数人才能到达的地方。

目录

Part 1 故乡 · 感怀篇

Part 2 风景 · 行走篇

Part 3 河流 · 自然篇

Part 4 五谷 · 烟火篇

Part 5 评论 · 启蒙篇

PART 1 / 故乡·感怀篇

痛苦和磨难，
是人生不可分割的一部分。
只有接受这一事实，
我们才能超越它，
更加看清生命的意义。
▼

流水似的走马

草原上像房子那么厚的晨雾被旭日阳光晒薄之后，露出了马群，这是在夏营盘的草地上过夜的马。大片的马在山坡上伫立不动，等待白雾如冰块一样融化，露出马尖尖的双耳，宽大的脖颈和平直的、皮毛闪亮的腰背，它们仿佛是云端的神兽。当大片的雾干干净净地撤走之后，山坡上的群马沐浴着太阳洒向大地上的、属于马的阳光。天空下面是和天空一样辽阔的草原，山冈穿上草的编织衣而显出柔和的线条。河流像在水面上扯了一面蓝旗，波浪哆哆嗦嗦。更远处，蒙古黄榆像信使一样孤独行走。在这样的天地里，你会觉得马是天地的主人，甚至比人更像这里的主人。

假如站在山坡上，你看到白云不动，山峰不动，河流似乎也没流动。马群动了，马群从草原飞驰而过，大地震动。这时候把狂飙、铁蹄、洪水或践踏这些词汇用到飞奔的马群身上都合适。我不知它们为什么而跑，它们生来就需要跑。马从来没用过人的思维考虑从这里到那里，它们只知道自由。马群掠过，仿佛掠过一层叠着另一层的城墙，这些飞驰的城墙鬓发飘扬。马蹄抬起落下，泥土飞溅。棕色、红色、黑色的城墙飞驰而去，剩下的草地空寂，天空因为过于湛蓝而下坠。马的汗味被风吹远了，吹到秋天的宽敞且肥胖的河面上。

草原上，牧民的房子显得孤零零的。如果房后的天空堆积着层层叠叠的云朵，房子就更加孤单。幸好，牧民的房前立着拴马桩，一匹或两匹马拴在上面。马低着头，尾巴梢扫来扫去。这样的场景比房顶的炊烟更显出生机。路过的人们看到拴马桩边的马就知道房子里的主人已经煮好奶茶和羊肉，他们不会拒绝与任何一个陌生人分享食物和茶。你只要说一说你家乡那边的雨水和草的情况。马在拴马桩边上安静地伫立，双耳如同谛听，像音乐家那样。音乐家谛听之时，表情在远方，马也是这样。

可是，海日苏台的外亚沁（驯马师）奔布说，草原上到处是铁丝围栏，马没地方跑了，往哪儿跑？奔布看窗外，窗外的草原已经禁牧多年，各家各户的草场都用围栏封着，偌大的草原竟然没有马的立足之地。况且，牧民骑摩托车放牧，大部分人不骑马了。广阔的草原没有马群奔驰，没有牛群和羊群的踩踏，草场退化了，草类品种急剧减少。

奔布是一位驯马师。蒙古语所说的“外亚沁”直译是拴（马）者，即把马调教成为走马的驯马师，外亚沁在牧区备受尊敬。在牧区匠人里面，驯马师面对的不是房子、木材或皮革，而是有灵性的马。驯马师把人类的灵性灌注到马的步法里，他们比别人更爱马并懂马。在蒙古国，驯马师有自己的节日，这也是国家的节日。庆典开始时，拴马桩上拴一排马，升国旗。通常，蒙古国大呼拉尔（议会）主席担任全国拴马联盟主席。说起马，奔布的眼睛里带着欣喜与赞叹，他的情感世界里仿佛只有马。奔布说，母马会在十二月生下马驹，马驹生出来就会站立，它摇摇晃晃地站着，过个五六分钟开始行走。小马驹吃母马的奶要吃一年。一年后，小马被儿马（公种马）从母马身边踢开，从此独立生活。奔布说着话会停下来，好像等待马群从他脑海里跑过。他领我们到房后的马厩里，两匹高大俊美的马拴在杨树上。奔布花六万元钱买的这匹带亚麻色鬃毛的枣红马专事比赛。枣红马的眼睛看上去真是聪明，像两大块水晶一般洁净无尘。它用温柔的眼神看着我们，仿佛听到了奔布在屋里赞美它的话——它在乡和旗里得过两场比赛的第一名。它轻轻地抬起蹄子，放下，简直如行礼一般。另一匹黑马不安挪动，躲闪着陌生人。奔布说，易受惊吓的马都是可以驯成走马的好马。他说，马分跑马、走马、颠马。从两岁开始，驯马师就能看出它的前途（奔布对马使用了“前途”这个词）。

好马骨骼细，耳朵尖，鬃少，尾巴短，蹄子小，身上结实。好走马是驯出来的。驯马师会在草原深处找到一个特别安静的地方驯走马。他们把驯马当成一项至尊的事业来完成。喂多少料，喂多少水，每个驯马师心里都有自己的神秘规划。马吃了春天的草，长水膘，有肉没有劲儿；吃了秋天的草，身上才长油膘。驯马师眼里不光有马，还有草。他们会识别几十种甚至上百种草。如同一个药师，他们知道哪种草对马的膂力好、皮毛好、筋好、蹄子好。驯马师简直把自己的心都交给了马，人和马的世界完全融合了。驯马师说，给走马饮的水不能太热，也不能凉。所谓凉热，都由驯马师的感受来确定，他的温度感就是它的温度感，难分彼此。蒙古语把走马叫作“蛟若”，那是走（而不是奔跑）得稳稳的、骑者手里端一碗清水也不会洒出来的坐骑。蛟若走起来左右侧的前后肢一顺撇，如火车的车轮。走马虽然在走，但它的速度并不慢，且平稳，一天走上一百到一百五十公里不算事儿。走马走过来，蒙古人觉得这就是艺术品走过来了。走马的四个蹄子轻巧翻盏，充满力量的脖颈微微前倾。它行走的节奏与在皮下蹿动的肌肉群交织成舞蹈式的画面。走马知道自己是“蛟若”，这足以让它一生骄傲，头颅如公鸡一般高高昂起。它知道它的步伐是有节制的艺术表演，不能出错，更不能由着自己性子来。走马之优胜不光在于身态稳健，还在于它具备强大的耐力。蒙古族人尤为赞赏走马稳定的心性，或者说忍受力。马的天性并非按走马的节奏走，这是驯马师的意志，以至变成了它的技能。它每一步都按着走马的节奏走，心里不能起急而跑上几步，如此走上一生。这些路数，类似于人类禅修中的“戒”。禅修者常说“以戒为师”，他们认为没有戒就没有自由，如说走马。“蛟若”这个词在蒙古族语里的语气里包含着称赞，是人对动物的称赞。最好的走马，蒙古语谓之“蛟若聂蛟若”，直译为“走马（中）的走马”，这是至高的赞赏。已故的伟大的蒙古族民歌手哈扎布唱过的那首《蛟若聂蛟若》，蒙古族人家喻户晓。他们在说“蛟若聂蛟若”时，眼神纷纷带出景仰。人虽然是人，也可以景仰马，马身上有着人类远不能及的某些能力与品格。走马在速度和稳定之间的平衡力、绝不放纵的治心能力，比大多数人强多了，它们只是不说人言人语也不写散文，它们也不需要说这种歧义百出的语言来混生活。哈扎布另一首民歌唱道：“小黄马啊，哎依咿耶，哎啊，小黄马咿耶，你那巧妙的步伐，啊嘿啊咿耶，让人陶醉，啊咿耶。年轻的姑娘啊，哎咿耶，哎啊，年轻的姑娘咿耶，你那倔强的性格，啊嘿啊咿耶，让人啊哈嘿咿耶心碎，啊咿耶。”这是人类唱的歌，啊哈嘿咿耶。蛟若没唱过歌，所谓“车辚辚，马萧萧”在说马的嘶鸣。马倌说，马嘶乃是呼唤同伴，此马呼而彼马应。打响鼻，是马跟人打招呼。马倌的坐骑大多是一匹好走马。下大雪，人找不到路了，马知道路。夏季，马倌在牧场上睡一觉，醒来找不到马群了，他的坐骑带着他找到马群。马和骑手知道彼此的汗味。骑手说，马知道人的心事，会分担人的悲戚忧伤。你难过的时候，马走得很轻很轻，好像不敢踩到一棵草。你高兴的时候，马也会走得兴高采烈。有这样一匹马，人就知足了。

牧民管走花步的走马叫“乌仁蛟若”，天赋高的走马叫“乌日嘎蛟若”，步幅大、步频慢的走马叫“童门蛟若”（骆驼走马）。他们管最好的走马叫“沃日宋木蛟若”——流水似的走马，它的蹄子像河面上细碎的波浪，它皮毛反射的阳光像河面回映的光斑。骑在这样的走马上，就像坐在飞毯上，不管地面是否坎坷，好走马走得像在云彩里。

可是，马能活多大年龄呢？驯马师说，马能活上二十多年，白马寿命最长，能活上三十年。马也有出头之日，在赛马比赛中获得第一名的马有可能被封为“达日罕”。“达日罕”在蒙古语里有“上端的、不可触碰的、被禁止的、神圣的”等含义。被封了

“达日罕”的马（也有牛或狗）终生不被使役，死后主人会把它的遗体抬到山顶上，头朝着太阳升起的方向，脖子上系着五彩的绸子（在牧区，五彩绸子是佛爷的衣服，装束神圣），至此，马享受到无上的荣光。

然而，这只是传说，是牧民们期望的马的归宿。事实上，马是怎么死的呢？在牧区，我看到装载牛羊的大货车从公路上开过，心里常常很悲哀。大货车的铁笼子分成层，里面像装货一样塞满羊，远看像拉着满满的羊毛。羊被拉着离开了它们的故乡，或者说离开了它们活过的地方，它们被拉到屠宰场，变成羊肉。“屠宰”这两个字，看上去就让人心惊肉跳。如果不是这样呢？草原上到处是羊和牛。然而，马跟羊不一样，没有人吃马肉，何况马跟人的感情这么深，马的归宿到底是怎样的呢？

驯马师、马倌和牧民们不愿意听到我提这个问题，他们回避这个提问，或者干脆拉下脸，很不高兴。这是怎么回事？我听说马是有人养老的。驯马师奔布脸转向窗外，我从玻璃上看出他脸上有泪痕的反光。作为哺乳动物的马，老了之后跟人老了一样，生出很多退行性疾病，谁去照顾它们？马老到牙齿脱落的程度，吃不动草，也吃不动料了，喂它们什么？能眼看着它们活活饿死吗？后来怎么办了？他们起身走出屋子，屋里只剩下我一个人。那天晚上，镇干部嘎拉僧悄悄告诉我：“马老了之后，卖给外地人了，外地人开车来收马。”我问：“外地人收马干什么？”他们收购不能赛跑也不能拉车的老马做什么？嘎拉僧像没听到我这个提问，不予回答。后来我想明白了，外地人把老马拉到屠宰场变成马肉了，又叫商品。这么一想，我感到很气恼，这些赞美马的歌曲和赞词竟这么虚伪，马也没摆脱跟牛羊一样的命运。有一天我放下了这个恼人的心事——如果不是这样，又能怎样呢？尽管马倌们说起这个事心情很沉重，但负担马的养老任务，对他们来说更沉重，难道不是这样吗？马啊，聪明的、通人性的马啊，原谅他们吧，包括原谅他们唱过赞美马的歌，那是老祖宗留下的民歌，他们不过是为吃上一口饭而奔波的牧民。

马群在傍晚飞翔

群马聚到一起飞奔的时候变成了鹰，变成气势汹涌的洪水，幻化为杂色的流云。

马群跑过去，没有什么东西能阻拦它们，四蹄践踏卷起的旋风让大地发抖，震动从远处传过来，如同敲击大地的心脏。大地因为马蹄的敲击找回了古代的记忆，被深雪和鲜血覆盖的大地得到了马群的问候，如同春雷的问候，尔后青草茂盛。

原来，我以为马就是马，而马群跑过，我才知它们是大群的鹰从天际贴着地皮飞来。鹰可以没翅膀而代之以铁铸的四蹄降临草原。马群跑过来，是旋风扫地，是低回在泥土上的鹰群。

马群带来了太多飞舞的东西。马鬃纷飞，仿佛从火炭般的马身上烧起了火苗。马在奔跑中骨骼隆突，肌肉在汗流光亮的皮毛后面蹿动。马群上空尘土飞扬，仿佛龙卷风在移动。奔跑的马进入极速时，它们的蹄子好像前伸的枪或铁戟，这就是它们的翅膀。它们贴着地面飞翔，比鸟儿还快。置身于马群里的单匹马欲罢不能，被裹挟着飞行，长戟的阵列撕裂晨雾。

马群纷飞，它们在那么快的速度中相互穿插、避让，从不冲撞，更没有马在马群中跌倒。鸟群在天空也没有鸟儿被撞到地上。动物的智慧——动物身体里神经学意义的智慧比人高明，它们有力量、灵巧、还美。动物不用灯光、道具、服装、化妆和音乐照样创造震慑人心的美。

马群飞过，对人来说不过是几十秒的时间，人几乎什么也看不清楚，它们已经跑远或者说飞走了。

马群去了哪里？以马的力量、马的速度、马的耐力来说，它们好像一直跑到南方的海边才会停下来。我见过埋头吃草的马群，但没见过奔跑的马群是怎样停下来的。是谁让它们停下来？是什么让它们停下来？

马群在草原徜徉吃草，十分安静。马安静的时候，能看清它一下一下眨眼。吃草的马安静，马群在奔跑时如同一片云。云也奔跑，云峥嵘，云甚至发出雷鸣，但云也是安静的，这和马相同。云更多的时候穿着阿拉伯式的丝制长衫在天边漫步，悠然禅意，与吃草的马群相同。

草原辽阔，晴空如澄明的玻璃盅扣在长满鲜花的青草盘子上，它叫作大地，又叫草原。羊群、牛群和马群虽然成群，在草原上也只是星散的点缀。马低头吃草，好像闻到了自己蹄子上的草香，风吹开马颈上的鬃毛。马的安静不妨碍它飞奔，马的雄心在天边。

在草原，每天都见到几次马群的飞翔，它们从山冈飞到河边。恍惚间，它们好像从白云边上飞过来，要飞越西拉沐沦河。它们可能被《嘎达梅林》的歌词感动了——“南方飞来的小鸿雁啊，不落长江不呀不起飞……”，马群要变成鸿雁，排成方阵在天空飞翔，它们渴望从高空俯瞰大地。马想知道大地是什么，为什么生长青草和鲜花，为什么流过河水，为什么跑不到尽头？

马站在山坡上吃草，马群飞翔。它们背上的积雪融化了，马的眼睛张大在雪幕里。马群在傍晚飞翔，掠走了夕阳。它们最后总是停在河岸，鸟群也如此。它们并未饮水，而在瞭望天地间的苍茫。

蜜色黄昏

从东村回来的路上，我突然看到夕阳中的胡四台村像油画一般典雅。

那些破烂的房屋全都穿上了镀金的衣服，静悄悄地站在白杨树边，温柔或许还可以说成羞怯。村边的湖泊热烈地盛满西天的堂皇，连鸭子也不敢下去嬉戏了。这条在绿草中露出难看的白色的公路，也变成暖色，像爬满橙色的小甲虫。色拉西平时遭人讥笑的土屋也显出了艺术情调，屋檐探出的椽木如镀上一层铜色，屋顶的青草左右摇晃，像为羊圈里仅有的两只羊表演土风舞。此时正宜有一支四重奏乐队，比如“塔卡斯”，坐在村口演奏一支雅致深婉的曲子，鲍罗丁或斯美唐纳。

在余晖下面，白杨树不再是那个朴素的、穿着补丁衣服的牧羊人，而变成深情脉脉的少妇，丰盛的枝叶如眼波烁烁，树身如滚烫的面庞。在黄昏中，村里的屋舍草木都成了准备外出约会的盛装的情人。湖泊要和蓝紫色的晚霞约会，杨树和被鬃发遮住眼睛的白马约会，色拉西家里那头白肚皮的小毛驴要和谁约会呢？它总站在栅栏里向公路那边遥望，每当开过一台拖拉机，它的耳朵就像劈叉一样变成平的。

岗根·哈日阿像雕像一样站在门口，这是我堂兄为了比赛而买的一匹洋马。它的高脚丰臀和微翘的尾巴，使它的动作像舞蹈一样轻佻。岗根·哈日阿从不套车干活儿，尽最大的力量高昂着头，削尖的血管密布的耳朵精巧警觉。它的眼睛如纯黑的水晶，雅净而无尘。我觉得，马比其他动物都更像雕塑，好像保持着从汉朝时的姿势，身上的每一块肌肉都凸现分明，使人忍不住想摸一摸它宽厚的脖颈。在晚风里，马转过头来的神态，最让人心动，未剪的鬃发在风中披纷，它的聪慧的眼里似有无限心事。

如果马会开口说话，吐露的必是诗一般的柔情，关于河流、草地和郭日郭山那面的马们的爱情。我曾经看过两匹马在夕阳的草场上漫游、吃草，然后交颈伫立，蜜汁一样的暮色流淌在它们饱满的肢体上。

云中的秘密

云彩是谁的衣裳，脱到岸边被风吹走这么远?

云的衣裳像洗衣机冒出的泡，堆在山的头顶。

云不散，虽然最后散了，但在天上依存了最多的时间。从飞机上看下面的云，很薄，飞机不忍心去撞这块被单似的云。从天上看，云彩不是团，它的缝隙露出大地的黑色。云所以没被风吹破，是后面的云手抱住前云的脚，说它们搭一个梯子也行，平行的梯。云毫无目标地漂泊，听从风的摆布，身板越来越薄。飞不了多久，云的全身都变成了肋条——天上常有梯田形、洗衣板形、台阶形的云，那是云的肋部，脑袋和手都累没了。

云是衣衫，虽然不知道这是谁的衣衫。姑且算是星座的衣衫，洗澡脱在岸边，被漫出河岸的水冲跑了。不要说天上没有河，我过去也这么想。自从 2011 年 6 月 22 日北京下了大暴雨之后，我觉得一切地方都可能突然出现一条河，从地铁站口涌进站里，从高架桥悬下瀑布。谁知道，北京的“天”上，竟会有这么多的水，几百上千吨。水开始并不遵从重力定力，在云的一个什么地方待命。后来出发，按重力定律一倾而泻，没让牛顿惊讶，但北京人民都惊讶。远望北京机场如洞庭湖一样波光潋滟，这时，水面实应划出一只又一只小船，赤卫队长韩英（机场旅客中找到这样的人不难）站船头唱：洪——湖唔唔水呀啊啊，浪呀么浪打浪啊呵。机场如果不是泡着一架架呆鸟似的大飞机，这里多么像红区，像鄂豫皖边区老革命根据地。旅客们在候机楼合唱——太阳一区（读区，不要读出）闪呀么闪金光呀啊。（男合）清早噢——（女合）船安儿——（众合）去呀么去撒网，晚上昂昂船儿鱼满舱，昂昂昂……昂……多好！跑道修得平，水上波纹细腻，如宋代古画的水波纹。

天有天的庄稼，云是天的大豆高粱。天有天的河川，云是河川。地上的人仰面看云，想到云像棉花堆、像羊群、像城堡。在天人的眼里，云有五色，分成红黄绿青蓝。此中奥秘，不足与人类视网膜道也，各有各的乐趣。从一堆乱糟糟的云里，天人看到小麦青青，看到云里的森林苍郁高古。云的河水有轻柔也有泛滥，鱼虾乱蹦。天上的矿是铅灰低重的云层，矿工是天堂疲惫的飞鸟。你以为小鸟飞来飞去在天上玩吗？不能这么说，它们是天上的劳动人民。

鸟儿在天的春天叼来种子播种，看护小苗生长，长成穗，灌浆，成熟。秋天的黄昏，老鸹从天际低飞，它们背负粮食，只不过人眼看不清天上粮食的模样。人眼睛分不清的东西太多了，分不清光线里的红外线和紫外线，而昆虫一眼就看得清清楚楚。红外线红，紫外线紫，如此而已，人类怎么了？

在天边，大雁驮着成捆的麦子，运到南方。燕子驮着小把的油菜，运到另一个地方。云的河流开埠，大船装满了粮食、丝绸和矿石，运到云的第一和第二世界做买卖。云上的矿可提炼水晶，提炼翡翠。玉在天上是最平凡的东西，像鹅卵石一样。地上有什么天上就有什么，五谷稼穑，堆在天堂。

你去问开飞机的飞行员在天上有过多少奇遇？烫金的云彩凭空奔忙，紫色的云彩搭一个玫瑰色的拱门。云彩有云的手语，它与其他的云对话，谈风向、风速和爱情。飞行员都是守口如瓶的人，他们为了自身安全决不透露天上的事情，不说出他们看到了碧绿的雨滴、云里的动物大战——它们的名字全带“豸”字边，但念不出读音。飞行员独处时会陷入冥想，会欲言又止，他们又想起天上的奇遇。没人对飞行员严刑拷打，逼他们说出天上的事情。

飞越故乡上空

我乘飞机出行，遇靠窗座位，每每向下瞭望。山河大地，白云朵朵，如此而已。前不久，从飞机观望下方景象，使我激动异常，只可惜时间太短了。

我从沈阳飞呼和浩特，在飞机上一直写稿，没注意经停的地方。飞了大约一小时，飞机广播：“我们……”——飞机广播最喜欢用的一个词就是“我们”——“……的飞机即将降落在赤峰玉龙机场，请旅客做好准备”。

赤峰？我以为我听错了。我老家在赤峰，但从没有在赤峰起飞或降落过。我问空姐：我们要在哪儿停？她曰：赤峰。我问：不去呼和浩特了吗？我以为有赤峰猛人把飞机劫持到赤峰了。她曰：停二十分钟再飞呼和浩特。原来是这样子，网络用语曰“酱紫”。原来我们酱紫飞到了赤峰。

我趴在窗口往下看，太好看了！人有机会在自己故乡上空俯瞰一下是福气，虽万户侯不能易也。小时候我从来都是站在地面上仰视红山，这回竟从红山的后屁股飞过去，加以全面瞭望。我一直想知道红山后面有什么，好多年前，那里是禁区。我头两天还在想这件事，红山后面是什么景象呢？是村庄还是沙砾地带？童年时光，红山后面为什么不让人进呢？人说红山被掏空了，装满了机关枪、迫击炮和弹药。假如苏联人从四道沟梁、五分地那边打过来，光红山内藏的军械就够跟他们相持一百年。我一算，仗打一百年，红山里面的机关枪至少有一万支，这支枪筒打红了换另一支，一百年用不了。但红山之闻名天下非军用仓库与机关枪，而在考古。1906 年，日本东京帝国大学教授鸟居龙藏成为记录踏勘红山古墓葬文化第一人。1922 年，法国神父桑志华赴此地考察红山文化。1935 年 6 月，日本考古学家滨田耕作率日本东亚考古团对红山进行首次发掘，他们对红山北坡青铜墓葬和史前文化遗址进行发掘，三年后，发表《赤峰红山后》的发掘报告，轰动世界考古界。1955 年 12 月，中国历史学家尹达出版《中国新石器时代》一书，书中专辟一章——“关于赤峰红山后的新石器时代遗址”，红山文化得以正式命名。

我们小时候不知道滨田耕作之流，兴趣只在攀登红山，企图偷几支机关枪，但每次都被暗中隐蔽并端枪的解放军士兵逐下山。红山距市中心五公里，海拔三百七十六米，山体为红色花岗岩。纪晓岚在《阅微草堂笔记》中称之为“乌兰哈达”，这是老名，蒙古语——红色的山峰。此山不雄不伟，有点儿怪，周围都是土山，唯其红石兀立。那时候说红山是花木兰从军之地。20 世纪 70 年代，我当知识青年下乡的松山区当铺地村，有不少姓花的人，自称是花木兰后代。见到他们，我差不多相信了花木兰退伍后到赤峰定居的消息。这些人大嘴黄发，跟 1998 年迪士尼出品的动画花木兰形象相似。我问：你们咋姓母姓呢？他们答，这是母系社会规矩。倒也是，只是少见貂蝉后人姓貂，褒姒后人代姓褒。还有人说孙悟空去西天取经路过之火焰山即为赤峰红山，更荒诞。西天之天竺国在西边，赤峰在唐代为契丹属地在东边，编此说者岂可不顾常识乎？

飞机从滨田耕作所说“红山后”的上空兜过去。我看到红山像牙医做的模型一样，前排几颗牙是山峰，舌头部分是沙地，靠北边约有一小块民居。蜿蜒的英金河环绕红山，河流往北再拐向东。北岸是大片的树林，几十里宽。我对空姐说，你让飞行员开慢点儿。她一愣，顺口说，好的。但我感觉飞机开得还是没慢下来。飞机由北而西而南兜飞，我在空中俯察到头道街、二道街、三道街，这是赤峰在我童年全部的街；见到榆树林胡同，那边有第九小学，那有个剃头的老汉，满口牙全掉了，前面两个金牙不掉。金子就是金子，比牙结实。一瞬间，飞机到了新城区上空，路宽楼高，俨然小国首都。但我还是留恋旧城区，飞机无情，不复再来。可见飞行员不是赤峰人。我跟空姐说，你让飞行员在赤峰上空再转一圈。空姐这回没客气，说，对不起，我们不能满足您这个要求。

我们的飞机落在土城子机场，现在更名为玉龙机场，军地两用，确切地说是地方租用部队机场。跑道上，二人成行的士兵穿训练服走过。我在赤峰若干年，没来过此地。那时候，包括这时候，不允许老百姓进入军用机场。飞机在此停留二十分钟，并客。再上飞机，不复飞城区上空，驾祥云奔呼和浩特而去，我心里惦记看赤峰老城。南山、北沙坨子、北河套、卖黑枣的玻璃胡同等佳胜之地还没见到，甚可惜。在飞机刚刚临近赤峰上空时，我激动得连跳下去的心都有了。

一辈子生活在白云底下

我离开老家好多年，有时遇到别人的探询：你老家什么样子？到处都是草原吗？

我答不上来，迟疑，不知从哪儿说起。

我迟疑，是由于草原没法描述，它宽广而且单一。草原静得好像时间都在打瞌睡，低头看，一朵小花微微摇摆，像与别的花对话，蚂蚱随人的脚步弹到半空。回头看，人的影子被拉出两米多长，这是早晨。躺在地皮上的老鸹草的蓝花在见到阳光之前还不肯开放。

说草原，谁都说不流畅，只有旅游者才会说出一些观感，就像说大海，怎样才能把海说清楚呢？给每朵浪花做上记号，便于你的讲述吗？海边的人说不清海有多少朵浪花，每朵浪花长什么样。像吉尔伯特说的：希腊的渔人不到海滩嬉戏。

草原在每个人心中不一样。对家在草原的人而言，它是故乡，而非旅游区。草原于我，是一团重重叠叠的影像。想到马，马在奔跑的马群里转身，鬃毛挡住偏向一旁的头颈。想起四胡，蒙古族人的英雄故事从四胡的弓弦声中款款而出。说书的屋子有漆黑、飘着茶梗的红茶缸，旱烟的雾气缭绕着牧人一张张倾听的脸。说书人惯用嘶哑的嗓音，像上不来气，医学称为呼吸窘迫或肺不张，而他有意如此，嘈杂的琴声接上他后半截的气。我想起冰凉的洋铁皮桶里的鲜牛奶；想起天黑之后草叶散发的露水的气味；想起饮水的羊抬头叫一声，嘴巴滑落清水的亮线；想起草原的夜晚真黑，人像被关在带盖的箱子里；想起马，桩子前雪青马的蹄子踏出新鲜的黄土。

这些记忆像解体的卫星碎片在大气层里茫然飞翔，没办法把它组合成完整的故事。我能跟问我的人说这些事吗？别人听不懂。还有磨出好看花纹的榆木炕沿，漂在水缸里终年湿沥却不腐烂的葫芦瓢，小红蜘蛛正在房梁上拼命奔跑。

我读过一篇国外语音学家的文章，说结巴是因为元音和辅音急于一起冲出来，结果堵车，谁都出不来。我对草原的印象也像一个口吃者——印象的雪球堵住了大门。

今天我对草原的记忆只剩下一样东西——云。地上的事情都忘了，忘不掉的是草原无穷无际的云。骑马归家的牧人，挤奶的女人，背景都有云彩。清早出门，头顶已有大朵的白云，人走到哪里，它追到哪里。

老家的人一辈子都在云的底下生活。早上玫瑰色的云，晚上橙金色的云，雨前蓝靛色带腥味的云。他们的一生在云的目光下度过，由小到大，由大到老，最后像云彩一样消失。云缠绵，云奔放，云平淡，云威严，云浓重，云飘逸，云的故乡在草原。在异乡，我见到的最少的就是云，城市灰蒙蒙的雾气屏蔽了云。偶见零散的白云，一看就是进城串门的乡下云。有一次，我跟大姑姥爷到林西县拉盐，我躺在牛拉的木轮勒勒车里睡觉。大姑姥爷突然停车，拉我起来看。我问看什么？他指着天：那两朵云彩打起来了，像摔跤一样。我看去，两朵云立在天边，如决斗。他坐下抽烟，乐。看云打架比看人打架文明。他跟我说话间，云没了，大姑姥爷很惋惜，把烟袋锅掖进裤腰带，连吐几口唾沫。那年我七八岁，他七八十岁。大姑姥爷跟猫狗说话，跟豆角说话。他曾说，每个死去的人都会被云接走。他告诉我望云要带敬意。云打架让他乐了，露出光秃秃的牙床，像掰开的西红柿一样。

乡　　村

“乡村里仓房的大门打开了，准备好一切 / 收获时候的干草载上了缓缓拖曳着的大车 / 明澈的阳光，照耀在交相映衬的银灰色和绿色上 / 满抱满抱的干草被堆在下陷的草堆上。”

这是沃尔特 · 惠特曼的诗（楚图南译），每次读到这里，我都急于披衣穿鞋，到门口去迎这样一辆大车。

乡村的丰饶与芳草，被这样一辆大车满载着，摇摇晃晃而来。所有的譬喻，在这儿都可以成为现实，节日、早晨、露水、星星、父兄、故乡，它们都是可以“满抱满抱”的，不会使喜欢这些词语的人失望。

我是一个在城里长大的人，但无比喜欢乡村。我常常为别人指我为“一个在乡下长大的人”而感到宽慰，仿佛又呼吸到了干草的甜蜜的香气，头上曾经顶过无数的星星。

我认识一些人，在乡村长大却急于批评乡村。他们为贫穷而可耻，为自己童年没有上过幼儿园而羞愧，贫穷固然可耻，但光着脚在田野里奔跑，不比在幼儿园更益智更快乐吗？在乡下的河边，双脚踩在像镜子一样平滑的泥上，十趾用力，河泥像牙膏一样从趾缝清凉细腻涌出，岂不比在幼儿园背着手念“b、p、m、f”更高级吗？

乡村可以改变人生。我惊异于两年的知青生活对我的颠覆性改变。这样的改变在开始并没有显示出来，随着年龄的增长，“乡村”像一个次第发布指令的基因程序一样，越来越使我为一个标准的文本。从照片上看，我的身态骨架，包括表情都像一个北方的农民，好像手里已经习惯拿着镰刀或赶车的鞭子。而坚忍、吃苦、好胃口以及顽固的幽默，也由乡村深深地浸入我的的确良骨子里，这使我在今天无论遭遇怎样蹇促，还都能够忍下去，并保持明净的心境。我感谢乡村接纳了我这个孩子。

有人认为知青怀想乡村是一种矫情，是贵族式的浅薄地歌颂田园风光以装点无聊的生活。对我来说并非如此。我不知道是否每一个知青都在内心默想过乡村的土地。对知青来说，苦役无异于噩梦。我在乡村经历过的生理上的苦楚，到今天仍然是唯一的。在夏日正午近四十摄氏度的高温下耪地，人变成了一个刚刚能呼吸、能机械移动的动物，脑子里一片空白。而冬季的寒风可以把人脸冻得用手一碰就是一道血口子。然而我还是怀念乡村。当我在电视里看到农人到粮站排队卖粮的表情，我同时忆起了粮站周围庄稼发出的气息，那是叶子宽大的玉米的气息，比草多一些甜味，比河流又多出一些土气。在夜里，在蛙鸣和蛐蛐的歌唱中，这些气味会和落日、马粪与炊烟融合在一起，变成令人难忘的甜蜜而忧伤的印象，久存心底。

农人言语简净，一语多头，透着十足的幽默和狡黠。使人感到宽调中的曲迂，如飨享村民的宴筵一样。你感到他们的语言中具有永远学习不尽的丰富隽永，意味深长。听他们说话，像走在乡村大道上，像一路览阅草尖上的露珠、高粱穗玛瑙般的密集、白杨树的朴素和渠水的清凉一样。

乡村无尽，只有上天能够创造乡村，而人类创造了城市。虽然蛰居城市多年，我始终没有闻到乡村早晨、中午、晚上和夜里的气味，闻不到乌米、烤马铃薯、井水的味道。而我下乡那个大队米面加工厂那头小毛驴发出的亲切的喷嚏声，也是近二十年来我在人群当中从来没有听到过的。

黄昏无下落

是谁在人脸上镀上一层黄金？

人在慷慨的金色里变为红铜的勇士，破旧的衣裳连皱褶都像雕塑的手笔；人的脸棱角分明，不求肃穆，肃穆自来，这是在黄昏。

小时候，我第一次感受悲伤是无意中目睹到黄昏。西方的天际在柳树之上烂成一锅粥，云彩被夕阳绞碎，在无边的火池里挣扎奔走，暮霭在滚金里面诞生俗艳的红，更离奇的是从红里变出诡异的蓝。红里怎么会生出蓝呢？它们是两个色系。玫瑰红诞生其间，橘红诞生其间，旋生旋灭。夕阳把所有的碎云熬成了汤，天际只横着一把笔直的金剑。

这是怎么啦？西方的天空发生了什么？我结结巴巴地问大人，那里发生了什么？大人瞟一眼，只说两个字：黄昏。

自斯时起，我得知世上还有这两个字——黄昏，并知道这两个字里有忧伤。我盼着观黄昏，黄昏却不常有，至少天际不老黄。多云天气或阴天，黄昏就没了下落。我站在我家屋顶看黄昏，大地罩上一层蓝色，晴天的黄昏把昭乌达盟公署家属院的红瓦刷上金色，瓦的下檐有凸凹的黑斑。柳枝笔直垂下，如菩萨垂下眼帘。而红云有如在烈火中奔走的野兽，却逃不出西天的大火。太阳以如此大的排场谢幕，它用炽热的姿态告诉人它要落山了，人习以为常，不过瞟一眼，名之“黄昏”。而我心里隐隐有戚焉。假如太阳不再升起，全世界的人会在痛哭流涕中凝视黄昏，每日变成每夜，电不够用，煤更不够用，满街小偷。

黄昏里，屋顶一株青草在夕照里妖娆，想不到生于屋顶的草会这么漂亮，红瓦衬出草的青翠，晚霞又给高挑落下的叶子抹上一层柔情的红。草摇曳，像在瓦上跳舞。原来当一株草也挺好，如果能生在屋顶的话，是一位在夕阳里跳舞的新娘。地上的草叶金红，鹅卵金红，土里土气的酸菜缸金红，黄昏了。

我在牧区看到的黄昏惊心动魄。广大的地平线仿佛泼油烧起了火，烈火战车在天际穿行，在落日的光芒里，山峰变秃变矮。天空盛不下的金光全都倾泻在草地上，一直流淌到脚下，黄牛红了，黑白花牛也红了，它们扭颈观看夕阳。天和地如此辽阔，我久久说不出话来，坐在草地上看黄昏，直到星星像纽扣一样别在白茫茫泛蓝的天际。

那时，我很想跟别人吹嘘我是一个看过牧区黄昏的人，但这事好像不值得吹嘘。什么事值得吹嘘？我觉得看过牧区的黄昏比有钱更值得吹嘘。那么大的场景，那么丰富的色彩，最后竟什么都没了，卸车都卸不了这么快。黄昏终于在夜晚来临之前昏了过去。

“我曾经见过最美丽的黄昏”，这么说话太像傻子了。但真正的傻子是见不到黄昏的人。在这个大城市，我已经二十六年没见过黄昏，西边的楼房永远是居然之家的楼房和广告牌，它代替了黄昏。城市的夜没经过黄昏的过渡直接来到街道，像一个虚假的夜，路灯先于星星亮起来，电视机代替了天上的月亮。我一直觉得自己身上缺了一些东西，原以为是缺钱、缺车，后来知道我心里缺了天空对人的抚爱，因为许许多多年没见到黄昏。

星子缀满天空

星星对我展示一种人格化的亲近姿态，是在达里湖畔的一个夜晚。

达里湖形似一牛肩胛骨，位于克什克腾草原的西北边缘。我们到达之时已届仲秋，湖边遍生红草，像一堆堆暗燃的炭火，驱逐已经逼人肌肤的寒意。达里湖在蓝得刺眼的天空下悠然映出远山的倒影。在人迹罕至的蒙古高原，此湖安闲丰腴，像赋闲的天神。远眺湖面，鸥鸟起伏，浪挽涟漪，无意中领会到达里湖的女性化气息。难怪当地有传说，把湖神秘称“达丽娘娘”。

看达里湖，你要调动好精神，一口气把它看够，然后头也不回地离开。心若一软，贪图眼福回头再看一眼，就难免又看上半天。所谓“流连忘返”就是这个意思。你看到了什么呢？无非湖光山色，它如亘古不移又似瞬息万变。造化和人工的区别就在这里：人之手下无论多么巧妙的制品，刺绣也罢，园林也罢，总是极尽复杂，然而观者一目了然。自然展示的是单纯，好像啥也没有，浑然而已，给人以欣赏不尽和欲进一步了解却又无奈的境界。譬如看达里湖的蓝，令人惊羡，宛如在蓝中还有什么更美的东西。

想起了一本畅销书:《最蓝的蓝》。

入夜，我们几个不怕冷的人决意在湖畔的蒙古包下榻。蒙古包的样式设施均好，但这宜于夏夜里睡，离地半尺无遮拦，冷风自由去来。十多个人盖着被子和大衣挤在一起，在烛光下讲些稀奇古怪的故事。近子夜时，我出外解手，却被眼前的景象惊呆得说不出话来。

满天的星星肃然排列，迎面注视着你。他们好像在蒙古包等候了多时。在这里看星星，星星们在你眼前亮起，一直亮到了脑后。你仿佛把头伸进了一座古钟里面，内里嵌满活生生的星星。我顿悟《敕勒歌》中为什么有“天似穹庐”的句子。在这里看到，天原本就是一个硕大的圆形屋顶，很低很矮，始终伏在人的脚底下。好像一抬脚，哪里都可以去得到。这儿的屋舍牛栏也是谦逊的，决无都市大厦的傲慢。

站在夜风中的达里湖畔，脚下是地，遥遥与地相接的远方就是天了，因为那儿星斗闪烁。在草原看星星，无须仰头，可如观壁画一般平视。李白诗云“云傍马头生”，不是虚言。在这里，星星会像铃铛一样系在马鬃旁。先人称“天圆地方”，不错不错。以往看星星，觉得他们清冷遥远。在沈阳，几乎无星星可看。这里的星群太生动了，每个星都像伸着头在观察我。这里的星星多得很，它们拥挤嬉笑，它们矜持沉思。看到它们，我想起了“摇摇欲坠”这个不太重听的词。星星和达里湖只有一步之遥了。也许它们已经看清了人间的事情，便不欲进一步深入了，台湾诗人郑愁予将星星亲昵称为“星子”，我看到的真是一群有灵性的星子。

星子们，你们是别在哪一位酒醉的天神衣襟上的徽章呢？他踉踉跄跄地把你们携到了达里。这位天神一定是英雄，不然怎么会拥有你们这些精灵。银河在头顶疏然一束，怕会是天神从肩上滑下的薄薄的羊毛围巾吧。

对酒当故乡之歌

不知为什么，我一听腾格尔的歌就想喝酒——白酒，寻找热肠的感受。仰面喝下一杯烈酒，蹙着眉眼散发满口辣气时，酒高举着火把从喉咙飞抵丹田，整个肠子都热了，温暖感像天朗音箱的乐音一样扩散。这就是听腾格尔歌声的体味。因此我一放腾氏的带子，就低头看床下桌上有没有酒瓶子，拎过来呷一口，非此不能行进。因为听一个人的歌，就是跟随他旅行。听了腾格尔的歌，倘若还有机会与酒一遇的话，我常常静穆而镇定了，忘记自己置身于一座窒滞的大都市的旧房，惦念对面山坡的草长出来没有，牵挂拴在门前枣木桩子上那匹紫骝马。然而我家虽然有门，但无“前”可言，出门就是楼梯，没有大气弥漫的草地、贴草地疏散的淡绿雾气和古老的勒勒车辙印。我所没有的，腾格尔的歌声次第送过来：被牛粪火熏黑的炊间的土壁，浮漾在陶罐里的牛奶，我的同胞们在油灯下金红闪亮的脸膛。我这个城里长大的蒙古族人，按说并不熟知牧区的事情，但血统像一条河流，随着歌声——最广泛有力的生存与文化气息——携我返回祖先的栖居地。

祖先的栖息地很辽阔啊。如今，祖先把灵魂栖居于腾格尔的嗓子或心里，让我们的目光能够穿透工业污染的烟雾瞩望故乡。而如此，我在听腾格尔的歌饮烈性白酒的同时，提笔写一点儿东西，便自觉这是特别适当的一件事，就如同球员踢球入网，转而举臂奔呼一样。酒，当然是独饮，不去灯光暧昧的歌舞厅，也不喝番鬼佬的洋酒。在歌酒之中，我稳坐地毯中央，挺身，双手软绵绵放在膝上，咱们随着歌声往前走吧。前面是额尔古纳河，是野情谣和红浆果的小兴安岭。我的那些父兄就这样在飘忽的油灯中盘膝端坐，像一尊尊黑檀木的雕像。

然而我戒酒了，平时不忍听腾格尔的歌，怕对不起腾格尔也对不起自己。人就是这样异化或被同化着——当文化信息已不对你发生作用时。以后我女儿听腾格尔的歌时，也许在喝咖啡。

他乡月色

我越来越想念图瓦，三年前在图瓦我就想到会想它。

国宾馆是一座安静的三层小楼，靠近大街。大街上白天只有树——叶子背面灰色的白杨树，晚上才有人走动。人们到宾馆东边的地下室酒吧喝酒。我坐在宾馆的阳台下，看夕阳谢幕。澄澈的天幕下，杨树被余晖染成了红色。你想想，那么多的叶子在风中翻卷手掌，像玩一个游戏，这些手掌竟是红的，我有些震骇。大自然不知会在什么时候显露一些秘密。记得我在阳台放了一杯刚沏好的龙井茶，玻璃杯里的叶子碧绿，升降无由，和翻卷的红树叶对映，万红丛中一点儿绿，神秘极了。塞尚可能受过这样红与绿的刺激，他的画离不开红绿，连他老婆的画像也是，脸上有红有绿。

图瓦的绿色不多，树少。红色来自太阳，广阔无边的是黄色，土的颜色。有人把它译为“土瓦”。我年轻时听过一首曲子，叫《土库曼的月亮》，越听越想听。后来看地图，这个地方写为“图库曼”，就不怎么想听了。土库曼的月亮和图库曼的月亮怎么会一样？前者更有生活。象形字有一种气味，如苍山、碧海，味道不一样。徐志摩一辈所译的外国地名——翡冷翠、枫丹白露，都以字胜。

图瓦而不是土瓦的月亮半夜升了上来，我在阳台上看到它的时候，酒吧里的年轻人从酒吧钻出来散落到大街上，在每一棵杨树下面唱歌。小伙子唱，姑娘倚着树身听，音量很弱。真正的情歌可以在枕边唱，而不是像帕瓦罗蒂那般鼓腹而鸣，拎一角白帕。我数唱歌的人，一对、两对……十五对，每一棵树边上都有一个小伙子对姑娘唱歌。小伙子手里拿着七百五十毫升的铝制啤酒罐。俄联邦法律规定，餐馆酒吧在二十二点三十分之后禁止出售酒类。而这儿，还有乌兰乌德、阿巴干，年轻人拿一瓶啤酒于大街上站而不饮乃为时尚，像中国款爷颈箍金链一样。

图瓦之月——我称为瓦月——像八成熟的鸡蛋黄那样发红，不孤僻不忧郁，像干卿底事，关照这些人。它在总统府上方不高的地方。我的意思说，总统府三层楼，瓦月正当六层的位置。所以见出总统府不往高里盖的道理。

书说，人在异乡见月，最易起思乡心。刚到沈阳的时候，我想我妈。见月之高、之远不可及更加催生归心。而月亮之黄，让人生颓废情绪，越发想家。我从沈阳出发到外地，想老婆孩子。而到了图瓦，一个俄联邦的自治共和国，我觉得我之思念不在我妈和老婆孩子身上，她们显得太小。所想者是全体中国人民。我知道这样说有人笑话，我也有些难为情，但心里真是这样子。虽说中国人民中，我所相识者区区不过几百人，其绝大多数我永世认识不到，怎么能说“想念广大中国人民”呢？而我想的确实就这么多。比如说，在北京站出口看到的黑压压的那些人（不知他们现在去了哪里）；还比如，小学开运动会见到的人，看露天电影看到的人，操场上的士兵，超市推金属购物车的人。我想他们，是离开了他们。在图瓦见不到那么多的人，也显出人的珍贵。早上，大街尽头走来一个人，你盼望着，等待着这个人走近，看他是什么人。但他并不因此快走，仍然很慢。到跟前，他一脸纯朴地微笑。

在图瓦，验证了人有前生一说，至少验证了我有前生。大街上，迎面遇到随便什么人，你得到的都是真诚质朴的笑容，像早（前生）就认识你、熟悉你，你不就是谁嘛。图瓦人迎面走来，全睛看你，突厥式的大脸盘子盛满笑意，每一条皱纹里都不藏奸诈。我像一个没吃饱饭的人吃撑着了，想：他们凭什么跟我微笑呢？笑在中国，特别在陌生人之间是稀缺品，没人向别人笑。而向你笑的人（熟人）的笑里面，有一半是假笑，和假烟假酒假奶粉一样。笑虽不花钱，却也有人不愿对你真笑。跟我社会地位低也有关。从美术美容观点看，假笑是最难看的表情，如丑化自我。纯朴的笑有真金白银。笑，实为一种美德。

我没想明白图瓦人为什么对人真诚微笑。而他们的生活当中，少有不诚实以及各种各样迷惑人的花招。中国人到这里一下子适应不了，像高原的人到低海拔地区醉氧了。这里少有坑蒙拐骗，人的话语简单，什么事就是什么事，这样子就是这样子。这让来自花招之地的人目瞪口呆，有劲使不上。图瓦人的笑容，展露的实为他们的心地。

总统府上空的月亮像带着笑意，俯视列宁广场。广场上一定有一些有意思的事情发生。我下楼去广场，看月亮笑什么。

列宁广场在克孜勒市中心。塑像立北面，身后山麓有白石砌就的六字真言，字大，从城市哪个角度都看得清。广场西面歌剧院，东面总统府。该府连卫士都没有，农牧民和猎人随便出入。总统常常背着手在百货公司溜达。广场中立中国庙宇风格的彩亭，描金画红。里面是一座巨大的转经筒，从印度运来，里面装五种粮食，一千多斤重。这些景色到了夜里跟白天不一样，所有的东西披上一层白纱，边角变得柔和，夜空越显其深邃，而瓦月距总统府上空其实很远，在山的后方。

广场上有两三个转转经筒的人，有人坐在长椅上，有人缓缓地散步。他们在和我相遇的时候虽露笑容，但更庄重。他们的人民到夜里变得庄重了。我们的人民晚上似更活泼。我想到，图瓦人虽把纯朴的笑容送给你，像满抱的鲜花，他们其实是庄重的。面对天空、大地、河流、粮食和宗教，他们生活得小心翼翼，似乎什么都不去碰。农民除了种地时碰土地，剩下的什么都不碰，包括地上的落叶也不去扫。人在这里安分守己并十分满足。看图瓦人的表情，他们像想着遥远的事情，譬如来生。又像什么都没想，脸上因此而宁静。这种表情仿佛从孩童时代起就没变化过（他们的小孩儿就这表情），更未因为衣服、地位、年龄和 GDP 而变化，只是成年人成年了，老人老了，表情都像孩子。再看月亮，我刚才在国宾馆看到的月亮像它的侧面，在广场看到的还是它的侧面，这是下弦月。看它正面除非上火星看去。

脚踩广场的月色上，没发出特殊的声音，月色也没因此减少（沾鞋底上）。月色入深，广场像一个奶油色的盒子。人都回家了，只有一人从东到西、从南到北慢慢走，这是我和我的影子。

青海的云

青海的草原像一块被雨水淋湿的毡子，太阳升起后，开满鲜花。白色的道路和毡房兜在上面，像刚刚打开的一幅地图。小鸟翻飞，挑选地面上哪一朵花开得更好。河流四肢袒露，是大地脱去衣衫露出的银白色肌肤。

大地洗浴时，身体在阳光下闪光，它波浪的肋骨里藏着鱼的秘密，沙蓬和旱柳走到岸边看石子底下的金屑。

我开车去扎陵湖，路边草滩站着两个小女孩儿，手里拿野花。她们用腼腆节制笑的热烈，原来是鲜艳的衣裤被太阳晒褪色了，而腮边如胭脂那么红。这里没有人烟，两个孩子像从地里冒出来的。这里的土地生长异乎寻常的生物，包括胭脂红的孩子。她们如同欢迎我，虽然不知我之到来。看到这样的孩子，为之情怯，仿佛配不上她们的清澈。

所谓“远方的客人请你留下来”，这句歌词在青海极为写真。大城市的人不会对外来者生出这样的邀约。纯朴的牧民，特别是孩子们笑对远方的来客，敬意写在脸上。茫茫草地上，不需要问谁是远来的人，一望即知。

说起来，想都想不明白，他们为什么会尊敬与爱一个陌生的闯入者呢?

这与他们的价值观相关。牧人们在草场支蒙古包，地上钉楔子系绳。搬走的时候，拔出楔子，垫土踩实，不然它不长草。不长草的泥土如同有一处伤口，用蒙古族人的话说——可怜，于是要照顾土地。他们捡石头架锅煮饭，临走，把石头扔向四面八方，免得后来的牧民继续用它们架锅。它们被火烧过，累了，要休息。这就是蒙古族人的价值观，珍惜万物，尊重人，更尊重远方的来客。

在湖边，我下车走向拿花的女孩儿。她们犹豫一下，互相对视一下，扭捏一下，突然唱起歌来，是两个声部，蒙古长调。

如此古老的牧歌，不像两个孩子唱的，或者说不像唱出来的。歌声如鸟儿，孩子被迫张嘴让它们飞出来。鸟儿盘旋、低飞，冲入去端。在这样的旋律里，环望草原和湖水，才知一切皆有因果，如歌声唱的一般无二。歌声止，跟孩子摆摆手上路，这时说“你们唱得真好”显得可耻。

脚上的土地绿草连天，没一处伤口。在内蒙古，由于外来人垦荒、开矿以及各种名目的开发，使草原大面积沙化。沙化的泥土不知去向，被剥掉绿衫的草原如同一个丰腴的人露出了白骨。失去草原的蒙古人，不知怎样生存。八百年来，他们没来得及思考放牧之外其他的生活方式。

青海的云，是游牧的云。云在傍晚回家，余晖收走最后的金黄，云堆在天边，像跪着睡觉的骆驼，一朵挨着一朵，把草原遮盖严密。不睡觉的骆驼昂首望远，是哨兵。到了清晨，水鸟在湖面喧哗，云伸腰身，集结排队。云的骆驼换上白衣，要出发了，去天庭的牧场。

铁匠街的黎明

我住的地方叫阿热亚路，在喀什噶尔的老城区。

现在是北京时间七点，对喀什来说还是黎明。路灯还亮着，像刚刚点燃的蜡烛，衬托宝蓝色的天幕。刚刚醒来的喀什，身上还披着蓝纱巾。

阿热亚路实为一条小巷，经过老城区改造，沿街两侧的房子一派阿拉伯风情。“卡其”这个词源于印地语，意为干枯的泥土，后转为英语的卡其布。卡其就是这里房屋的颜色，比杏白，比牛奶的颜色黄，像新刨出的木板的颜色。这条巷子里尽是这样的房子，高低错落，平房或二层楼房。墙砖像用木块贴上去的，细看是仿木块的工艺砖。

维吾尔人起得很早，他们把清水洒在自己门前。阿热亚路上铁匠铺密集，是“铁匠巴扎”，高鼻深目的铁匠们把自己的产品摆在门口，挂在高处。这里有一尺多高的纯钢折页，这么大的折页只有《一千零一夜》故事里古城堡的大门才用得上。还有成对的黄铜大门环，我把两只手握在铜环上，心想：一握就握住了这么多铜。门环背衬雕花精美，怎样恢宏的人家才佩有这样的门环呢？铁匠露出诧异的眼神，好像没人像我这样攥住门环不松手。我对铁匠和门环分别笑笑，松开手，同时明白，住在农村或古代的人才有可能在两扇大门安上这么好看的东西，我只不过摸一摸。

铁匠铺里摆着许多好东西，让我流连巡视却用不上。这把锋利的斧子上面刻着三朵小花，用不上。圆弯刀，用不上。木柄一米长捞肉铁笊篱，用不上。一个远远离开了土地、森林和村庄的人，用不上真正有用的东西。

看这些东西时，我觉得右脚的鞋动了一下，低头看，一只小鸟在啄我的鞋带，更准确地说，是啄鞋带上的草籽——昨天我刚从莎车县的乡下回来。我如此清晰地看见了这只鸟儿的小蓝脑袋瓜，颈子一伸一缩地啄鞋带。我想把这小鸟用手捧起来，心里说：小鸟，你让我像抱小猫一样抱一下行吗？我把鞋带（连鞋）都送你。我一弯腰，鸟飞走了。但它刚刚啄过我的鞋，我越想越高兴，我默记小鸟的特征——蓝脑瓜，灰下颏，黑翅膀，灰爪子——后来飞了。小鸟飞到西边的街上，西边的人家正捏着塑料管往地上喷清水。十字路口的黑大理石碑刻着金色的隶书字体：坎土曼巴扎。

我悄悄走向小鸟，它不飞，步行躲开。我再追，它又躲开。这不是逗我吗？我和小鸟在街上转圈儿跑。我们俩都不飞，只跑，用绅士的步伐慢跑。我抬头，见到一个维吾尔族老人正看我。他眉开眼笑，脸上满是慈祥。我第一次见到小鸟啄人鞋带，老汉可能第一次见到一个人追一只鸟追不上。老人右手放左边胸口，庄重地向我躬身，我赶忙还礼。老汉的胡子如胸前绣的一团银丝，戴一顶墨绿色的花帽，缓缓走了。他的灰风衣长可及地。

小鸟儿站在铁匠铺边（它可能是铁匠雇的护铺的鸟儿），我继续漫游。空气中传来木炭的气味，馕铺开始工作了。我探头往炉子里看，白胖的馕面在炉子里贴了一圈儿，炉子像一个冒香味的宝库。干燥裂纹的柳树根劈成段，垛在炉子旁。一位穿绿长裙，蒙黑头纱的维吾尔族少妇走进一家卖手抓饭的店铺。在门口，她和店里的女老板互致问候，行贴颊礼。在喀什，我鲜明感受到维吾尔族人的彬彬有礼，这个民族把互相尊重看作是每天的大事。那些弹唱十二木卡姆的民间艺人都彬彬有礼，有歌声，有舞蹈的地方必然通行礼节，它们同是文明之树开出的花。

野鸽子在屋顶上盘旋，一个穿阿凡提长袍的维吾尔族老汉赶着毛驴车走过。铁匠在砂轮前蹲着锉折页，火花从他裤裆喷出如礼花。他戴的风镜，是我小时候戴过的——方形，由四块玻璃组成。街东的骡马客栈播放十二木卡姆音乐，民间艺人扯着嗓子演唱，而我钟情音乐里的手鼓声。独特的中亚风情的 6/8 拍子的节奏，让我跃跃欲试，用鞋跟打节奏，把脚步变成舞步，往前、往右或往后顿挫而行。

我在这条街上走第二个来回的时候，孩子们上学了。天空露出玉石般的青白色，杨树的树干愈发洁净。仔细看，绿色的小桑葚爬在枝条上，桑树的树干像毛驴肚子一样白。

PART 2 风景·行走篇

南方的人民都是服装设计大师，
他们把作品从门口铺到天边，
每一块土地比布裁得还经济，
横竖摆满山川。

▼

河对岸的星群

阿荣旗境内河流多，眼前这条是阿伦河。夜色下，岸边茂密的树林像披着黑色斗篷的巨人睡着了，阿伦河水猫腰从他们鼻子底下流过。夜色如毯子盖在河岸的草地上，盖住了不知多少野花。

早上，我来到河边的时候，草地被野花占领了。天刚亮，野花已精神抖擞站在那里，披一身露水，好像一宿没合眼，等一个盛典。太阳每天升起来都是盛典，新鲜光亮，野花知道，人不知道。花朵以细细的身子支着大脑袋，它们的面庞比人类肉质的脸更纯洁。花的面孔不讲五官讲瓣，三瓣、四瓣、五瓣的花脸都比肉好看，像能旋转。花的表情只有一种：笑。花朵除了在雨里哭泣之外，其余的时光都在笑，笑弯了腰。真不明白花到底在笑什么。晨光射入草地，被雾阻挡，景象朦胧。花朵从斜坡的草地上跑向河边，仿佛去梳洗。蓝的花、白的花、黄的花高出青草，凝视河面微颤的波光。河水在早上蜿蜒流远，天边的山峦不是青山，而是玫瑰山。树尖在白雾里冒一点儿头，如波涛里的礁石。大地苏醒了，四处沾满湿漉漉的露水。

眼下是夜里十点钟，阿伦河发出白天听不到的响声，似骨碌碌滚东西，又像嘻嘻哈哈偷笑。山峦和树丛被夜藏进包裹里，活动的物体只有河流。河如不流，水面嵌满星星。星星趴在水面的时候特别怕被打扰，一片被风吹落的树叶或鱼儿翻身都会拆碎星星。水流湍，星星在水里被捣成了星星酱，波浪上隐约只剩一层白光。

这时，对岸燃起篝火，火光照亮了一棵老树。它必定是榆树，鄂温克族人和满族人都崇拜榆树，老榆通灵。不一会儿，鄂温克族人围拢老榆树跳舞，歌声隐隐约约地传过来。头几天，我们在那吉镇参加广场篝火晚会，转圈跳舞的有好几百人。鄂温克族人单纯，无论老幼，都如纯洁的儿童，他们尊崇大自然，信仰舍沃克神、铁神和奥卓尔神。他们在篝火上扔一些马鹿和驼鹿的油脂，冒出的香味会让舍沃克神高兴。萨满法师敲鼓，舍沃克神也高兴。猎人们趁舍沃克神高兴，把灰松鼠皮——最好是尾巴带白尖的灰松鼠皮——在火上抖几抖，神会赏赐给他们更多的松鼠。

歌声越来越大，夹杂鼓声。篝火边上跳舞的鄂温克族人的蒙古袍被火光映照得十分鲜艳。我沿着河往那边走。走了几百步，被柳树挡住路。鄂温克族人脸庞清晰，被火照成红铜色，舍沃克神看到会更高兴。河流在我眼前静止不流，也许停下脚步看歌舞，也许水深无澜。大颗的星星浮在河面，仿佛来自对岸。星星优雅地泡在水里，我替他们说：凉快、太凉快了！星群当中应该有大熊星座。鄂温克族人敬畏熊，他们管公熊叫爷爷，管母熊叫奶奶。现在，大熊星座的爷爷奶奶们在河里洗澡，鄂温克族人在篝火边上跳舞，河水一动不动，灰松鼠在树林里偷窥，把白尖尾巴藏在树叶里。

锦绣只是城里人眼中的风景

我到南方，四月的青草已经从沟里漫到沟外。不是暖和，是南方勤劳，油菜花并没想成为摄影人的道具也只好开放，它是锦绣大地明亮的笔触，每一笔都是明黄。凡·高如果到中国南方来，也会喜欢油菜花，挖个地窨住进去，边画油菜花边喝苦艾酒。他去藏南会更惬意，不光有油菜花，还有空气稀薄形成的气泡似的蓝天，凡·高不必到法国寻找阿尔夜空的蓝了，阿尔的蓝，调子太深。

勤劳的南方，土地比人间更有秩序。南方的人民都是服装设计大师，他们把作品从门口铺到天边，每一块土地比布裁得还经济，横竖摆满山川，只留下细细的田埂给自己走。如果可能，他们甚至想在天上种点儿什么，比如悬挂的吊兰。这块大地上种满了秩序，第一季庄稼收了还有第二季。一个人生在南方农家，从小看惯满川的庄稼，心里长出两个字：劳动。群鸡边点头边啄的是米，缸里装的是米，锅里和碗里是米，比鱼卵还密的米从地里一层一层挤出来。寺院庄重的称赞文开头有两个字叫“恭维”，意思说开始恭敬讲述下面的人和事。我见了南方的锦绣大地，起意，曰：恭维……庄稼、菜地、泥脚杆子、犁和农妇的毛巾帕和南方土地上的一切。在这样的土地上，你怎么舍得建工厂？南方人民几十辈子耕过的地，流过的汗水可以攒成一条河，你们怎么能在上面建工厂？地下有农人的祖先整整齐齐地躺着，他们想听到蛙鸣，油菜花像花毯子盖在他们身上。他们的灵魂不愿被工厂的水泥地基压得翻不了身。被征地的农民为什么舍不得离开故土，给钱也不愿离开？他们嗫嚅说不出理由。我替他们说出来吧，他们祖先的灵魂暗中拉着他们的手，害怕孤单。农民们从来没听过如此粗暴的话语：城镇化、工业化，翻译过来是让他们离开锦绣河山。工业的毒水让石头都得病了，黑朽剥落，这些事跟谁去说呢？

农民走了，土地别离的不光是种庄稼的人，小鸟在夕阳里找不到炊烟，蜜蜂失去了明年的油菜花。农民和他们的土地是一个巨大的生物聚合体，农民养活的不只是一家人，还有禽畜、昆虫、鱼虾甚至农业时代的月亮。它们离开了他们，不知投奔谁。

有一个命题叫“工业反哺农业”，农民离开土地，土地酸化、沙漠化，国家用劳动密集型代工企业出口换汇买进粮食，工业反哺的农业在哪里？工业有乳汁吗？而农民已经进城，在城乡接合部的杂乱地带租房住，打零工为主，谁反哺了谁？

说农村大地锦绣是没心肠的话，农活太累，锦绣只是城里人眼中的风景。农民永远告别了土地，只能从梦里辨析鸡鸣犬吠，他们的祖先夜夜喊他们的名字。失地农民想看油菜花要掏钱参加农家乐春游团，他们见过祖先的大地，会久久说不出话来。

千岛湖的美与善

千岛湖的胜景不止于水天浩渺，更妙处在观此湖有山可登，缆车送你升于群峰之巅饱览湖景。在山巅观湖的心情已经不能以“欣赏”二字形容，欣赏这个词太平淡。欣赏是对平凡美景的浏览，而高踞山巅看大块山河，分明要赞美感叹。感叹什么呢？感叹大美天下竟然被你俯瞰得之。有句话说“角度决定态度”。高山观千岛湖，改变了你对千岛湖及一切湖的态度，站在此处可小天下，心胸顿开。

我去过黑龙江的兴凯湖和俄罗斯境内的贝加尔湖，都是大湖，大得不得了。可是人眼睛的视力面对这么大的湖显然不够完善。人眼也就看出两三千米远，还得是晴朗天气。多大的湖对人类来说只不过看到方圆两三千米，其湖之大，只是听说而已。留下这样的缺憾，怨只怨人类个头太矮，看不尽湖海全貌。高者如姚明，也只比别人多看出二十米的水面。人不能扛着梯子去观湖，能扛动的梯子都不高。消防部队有一种云梯车甚好，我早就相中了。云梯打开高度可达六十米，但他们不借你旅游使用。而湖边，就我看过的湖而言，都没有高山，不足以登高山而观大湖。山之存在，并不为你观湖而矗立湖边。

千岛湖有奇异景观，游人登上山巅俯瞰湖水，享受到了玉皇大帝的视角。玉帝每天都这样那样地俯瞰五湖四海，一目了然。在山巅观湖的游客看到千岛湖辽阔无边，水面如镜，云彩成行成队留影湖心，就有了一点儿玉皇大帝才有的眼界。有些人第一次看到此景，难免要抬起手臂指点江山。此江山不是浙西的江山市，而是千岛湖的水面、岛屿、鸥鸟和云彩。人在此刻，胸中如充气娃娃一样充满豪气，不抬臂指点一些景物就不得劲儿。我从未在这么高的位置见过这么浩瀚的水面，如鸟儿一般从天空俯瞰大地，俯瞰大地上静谧的湖泊。湖水如鱼肚般呈现银白的光泽，中间有顶戴密林的黛青的岛屿，这只有在山顶上才看得到。

小时候我攀登老家的红山，看到山上的岩石里镶嵌海螺的化石。山顶的岩石里怎么会有海螺呢？别人告诉我，红山当年是海底。我听了大吃一惊，高高的红山当年竟然是海底。问是哪一年，答亿万斯年之前那一年。这消息对我来说比游泳池卖半价票还令人惊讶，我怀疑这个人在造谣。还有一年，我已五十几岁，问一位制作珊瑚戒指的蒙古族工匠，好珊瑚产在哪里？他说青藏高原。问为什么呢？他说青藏高原当年是海底。好多事说着说着就到了海底，证明这不是造谣，这两个人也并不认识。如今我站在山顶观望千岛湖，其景与当年青藏高原以及红山被海水淹没的情形约略相同。也是当年（1959 年），政府建新安江水库，开闸放水，淹没了村庄、耕地和古老的县城。于是，我们这个星球上出现千岛湖这一奇观。我眼前星罗棋布的一千多个岛屿，实为一千多座山峰的顶部，还有一些较矮的山被淹没了，失去了当岛的资格。而我们脚下山更高，可以俯瞰那些岛。故此脚下这座山仍然叫山，而不叫岛。再一想，海洋上的岛屿也是海里的山峰，露出海面而已。

我们在这里看湖，看名字叫作岛屿的无数山巅，看汽艇像一条浮出水面的白鱼游过来，两舷划出长长的水痕。看群鸟飞过湖面如有人在天空撒了一捧树叶子，看岛屿戴着绿绿的树林的帽子，看远处淳安县城的高楼如海市蜃楼。这番风景难得见到，虽然想起那么多村庄耕地被淹心里不大好受。下山时，我向左边的湖水挥了挥手，又向右边的湖水挥了挥手，把肋间涌上的豪气往外放一放。

下山乘汽艇游湖，见到湖水清得如一碗水。于舷边往水里看，无浊流，无乱七八糟的藻类。你从水面映出的石壁的青翠的倒影就知道这里水质清洁。人说杭州已准备把千岛湖作为饮用水的水源地，导游问我高不高兴？我说高兴，但我想这么大一湖的水可饮人，自然湖里的鱼虾也可饮可活，我还是先为鱼虾高兴。人不喝千岛湖水还可以上超市买矿泉水。说到这里，要说千岛湖不仅美，指风光。还有善，其水生物体皆可饮用，比美的意义更深远。

净月潭笔记

我喜欢山野里的花，替它们高兴。

林中和草滩的花，像赤脚跑过来的孩子，扬着脸，多幸福。一见到野花，我就爱说这句话，野花确实幸福。它们的床，它们的院子和学校是同一片草地。净月潭的野花不是被盼望、被呵护、被施肥哄出来的。花，如同在你转身那会儿从地下钻出来的。它们顽皮，笑嘻嘻的，好像见了你之后再去见别人。野花的花朵比草高出一头，头顶还有笔直入云的树，树的枝叶上面一会儿太阳，一会儿云彩。晚上，树轮悬挂星斗。野花，多幸福。

五六月份去净月潭，森林的野花弄不清有多么多。这是亚洲最大的人工次生林的森林王国，鲜花像流水洒在近万公顷的绿地。

初到净月潭，钟情于树。这些高大的沉默者，静穆于林，如旅途中的修行人，来自一个地方，再去一个地方，却站在这里。它是信使，古老的书函落地腐烂再从树身长出一片片叶子。叶子羽状掌状、扇形戟形，还有莲座与轮生的叶子。这些叶子装订成书，堆积如博物馆，在净月潭。

尔后，喜欢净月潭的水。潭之水浩渺于天际，蜿蜒于丛林，宜于月下歌咏。牵引思绪的还有森林里的路。现今的路丑，高速路就像白条猪，好用而不好看；铁路是人类用钳子为土地施加的桎链，路的暴发户。你看净月潭的路，是“道路”里的清纯少女，把人带到青草露水的远方。

我喜欢小的东西，尤其是于巨大面前袒露生机的小生命体。小花开放在苍郁的老树边上，像婴儿在摩天大楼下面嬉笑。可是，花开在空旷的林地上，太小了，没法亲近。蹲着看一朵花，花朵得意地扭颈子，其实没有风。一只短翅的小蝶飞来罩在花上，好像说：不许看！这是我的！

风铃草属桔梗科，每株挂四五个倒悬的铃儿。这是它的粉色花，像蜡纸糊的冬瓜形的灯笼，可惜不通电，安不上灯泡。它们有电，是生物电，用于爱情而不是灯泡。紫菀是群众性的花，一开一片，适于普及，菊科。花冠的十几片花瓣长而散，微紫，像白衬衣和淡紫的毛衣混洗之后的一点点紫，黄花蕊凸出。紫菀开花像一群人摊开手心，也像歌唱演员唱尽最后一个音，双臂通展。

桔梗比它们好看，花朵有白色和蓝紫色两种。桔梗花离地不高，花兜着，像气吹出来五个角。桔梗根制作的小菜，大号“狗宝咸菜”，是高丽名吃。

说到花就要夸耀它的鲜艳，虽然我觉得不艳之花更近于人的心迹。然而，鲜艳确乎是上帝赐给花朵而非其他物种的特权。没有人长得像鹤望兰那么热烈，也没有像花朵般鲜艳的动物，只有一部分鸟类的羽毛具有花性，人只是花心而已。净月潭的艳花如石竹花，紫茉莉，酢浆草，全都艳红惹火，但我看到最艳丽的花

（实为果）是红菇娘儿。红菇娘儿是茄科植物酸浆的果实，又叫红灯笼、天泡儿。林地上，不期然遇到一棵红菇娘儿，鲜红的荚衣包裹红珠，没见过的会吓一跳，以为神物。《红楼梦》中林妹妹的前身叫“绛珠草”。周汝昌考，绛珠草又叫苦苏，正是酸浆。东北乡村的孩子差不多人人吃过红菇娘儿，牙咬上，“啪”的一声，多籽，味甘。作家端木蕻良著文写过它，名《红菇娘儿》。

光说花，草类不爽。草认为写字之人重花轻草，无异于重色轻友。是的，这是中肯的批评。人类喜欢把花与草分开讲述，这里沿袭而来的愚蠢习惯，上天并不这么做。对植物来说，茎、叶、花、果分不开，就像一个美女的脸蛋和她的肋骨、脾和脚后跟都长在身体上。一个人说：“美女，我爱你！”已包括爱她的脸蛋、脾、脚后跟、脑垂体和胳膊肘，虽然他盯着美女脸蛋说出这句话。植物的迷人包含了它在花朵之外的朴素与华丽。

金灯藤是旋花科，又叫日本菟丝子。我在净月潭发现这株花的时候，天已向晚。树身渐黑，林间斜入金黄的夕照。它紧密缠绕萝藦的干上，茎为淡红色，近于透明，像婴儿的手指放在老年人的臂上。葛，在春天萌发葛条，黑绿表皮生出一层白芒，蚂蚁不来爬。一只凤蝶落上面，假装思考，假装吸葛条里的汁水。蝶飞走之后，摸一摸葛条，白芒软中含硬，凤蝶可能在搓脚，去除滑腻的花粉。酢浆草的叶片乍一看是六片，再数数，还是六片。其实是三片，每一片半折有痕。叶子圆而平展，露水落在上面一定搂不住，“啪哒”掉进土里。合欢的叶子羽状复生，比团体操还富于仪式美。它的花比较搞笑，像蒲公英把头发染红并吹成爆炸式。

述说花草，如癫人说梦，是说不清也说不完的絮叨。我在净月潭看看这朵花，瞧瞧那株草，直起身看树，觉得自己从一只蚂蚁变身麋鹿，胸次由小乃大。一个人在林中走，心里跟植物说话，浅近的话是“真美，真绿，真好”；深入一点儿，却说不出植物的锦绣心肠。

人对树说的话质朴，对草说的话绵密也质朴，跟花说的话没什么逻辑，跟林间小路说说话忽然想唱歌，跟云彩说话累脖子，见到净月潭的水之后没话说了。话无踪迹之后，心安静。看水面像镜子、像碧玉、像刀切的皮冻、像水……

海的月光大道

晚上，我在房间里站桩。面前是南海（中间隔着玻璃窗）。半个月亮被乌云包裹，软红，如煮五分熟的蛋黄。有人说面对月亮站桩好，但没说面对红蛋黄月亮站桩会发生什么。站吧，我们只有一个月亮，对它还能挑剔吗？站。呜——这声音别人听不到，是我对气血在我身体内冲激回荡的精辟概括。四十分钟“呜”完了，我睁眼——啊？我以为站桩站入了幻境或天堂，这么简单就步入天堂真的万万没想到——大海整齐地铺在窗外，刚才模糊的浊浪消失了，变得细碎深蓝。才一会儿，大海就换水了。更高级的是月亮，它以前所未有的新鲜悬于海上，金黄如兽，售价最贵的脐橙也比不上它的黄与圆，与刚才那半轮完全不是一个月亮，甚至不是它的兄弟。新月亮随新海水配套而来，刚刚打开包装。夜空澄澈，海面铺了一条月光大道，前宽后窄，从窗前通向月亮。道路上铺满了金瓦（拱形汉瓦），缝隙略波动，基本算严实。让人想光脚跑上去，一直跑到尽头。

海有万千面孔，我第一次看到海的容颜如此纯美，比电影明星还美。月亮上升，海面的月光大道渐渐收窄，但金光并没因此减少。我下楼到海边。浪一层一层往上涌，像我胃里涌酸水，也像要把金色的月光运上岸。对海来说，月光太多了，用不完，海要把月光挪到岸上储存起来。这是海的幼稚之处，连我都不这么想问题。富兰克林当年想把宝贵的电能储存起来，跟海的想法一样。月亮尚不吝惜自己的光，海为什么吝惜呢？在海边，风打在左脸和右脸上，我知道我的头发像烧着了一样向上舞蹈。风从上到下搜查了我的全身，却没发现它想要的任何东西。风仿佛要吹走我脸上那一小片月光。月光落在我脸上白瞎了，我的脸不会反光，也做不成一道宽广的大道，皱纹里埋没了如此年轻的光芒。站在海边看月光大道，仿佛站在了天堂的入口，这是唯一的入口，在我脚下。这条道路是水做的，尽头有白沫的蕾丝边儿，白沫下面是浪退之后转为紧实的沙滩。我想，不管是谁，这时候都想走过去，走到月亮下面仰望月亮，就像在葡萄架下看葡萄。

脱掉鞋子，发现我的脚在月亮下竟很白，像两条肚皮朝上的鱼，脚跟是鱼头，脚趾是它们的尾鳍。我在沙滩走，才抬脚，海水急忙灌满脚印，仿佛我没来过这里。月光大道真诱人啊，金光在微微动荡的海面上摇晃，如喝醉了的人们不断干杯。海水把月亮揉碎、扯平，每一个小波浪顶端都顶着一小块金黄，转瞬已逝。大海是一位健壮的金匠，把月亮锤打成金箔，铺这条大道，而金箔不够。大海修修补补，漂着支离破碎的月光碎片。

小时候，我想象的天堂是用糖果垒成的大房子。糖果的墙壁曲曲弯弯组成好多房间。把墙掏一个洞掏出糖果来，天堂也不会坍。这个梦想不知在何时结束了，好多年没再想过天堂。海南的海边，我想天堂可能会有——如果能够走过这片海的月光大道。天堂上，它的础石均为透明深蓝的玉石，宫殿下面是更蓝的海水。天堂在海底的地基是白色与红色的珊瑚，珊瑚的事，曾祖母很早就跟我说过：如果一座房子底下全是珊瑚，那就是神的房子。天堂那边清冷澈彻，李商隐所谓“碧海青天”，此之谓也。在这样的天堂里居住哪有什么忧虑？虽然无跑步的陆地但能骑鲸劈波斩浪。吃什么尚不清楚，估计都是海产品，饱含欧米伽 3 的不饱和脂肪酸。也许天堂里的人压根儿不吃不喝。谁吃喝？这是那些腹腔折叠着十几米肠子的哺乳动物们干的事，不吃，他（它）们无法获得热量，他（它）们的体温始终要保持在零上三十六至三十七摄氏度。为了这个愚蠢的设定，他（它）们吃掉无数动物和粮食。

海上的月光大道无论多宽也走不过去。天堂只适合于观看，正如故宫也只适合观看而不能搬进去住。我依稀看见脚下有一串狗的爪印，狗会在晚上到海边吗？我早上跑步，好几只毛色不同的狗跟在后面跑，礼貌地不超过我。我停下时，它们假装嗅地面的石子。我接着跑，它们继续尾随。我解释不了这种现象，也不认为我的跑姿比狗好，狗在模仿我跑步。可能是：人跑步时分泌一种让狗欣慰的气味。如此我也不白来海南一回，至少对狗如此。晚上，狗到海边干什么来了？它可能和我一样被月亮制造的天堂所吸引，因为走不过去而回到狗窝睡觉去了。我也要回宾馆那张床睡觉去了，天堂就是眼睛能到，脚到不了的地方。它的入口在海南的海边有狗爪子印的地方，我在岸边已经做了隐秘的记号。

行走的风景

草原上的风景并不会行走，即使秋空的云朵也不易流散——孤悬于海子一样湛蓝的天幕，远远地羞涩地打量我们这些闯入者。云的样子一如牧区的孩子。听到吉普车的马达声，这些孩子像羊粪蛋似的滚出来，三五成群聚在一起。他们远远地观察着外来人，眼睛眨也不眨，用牙咬着衣襟。

在草原上，行走的是我们乘坐的吉普车和面包车。草原上的山形水势，造就得浑然大气。眼前的一座山，在草色的金黄中漫漫矗立起来，可以驱策坐骑一口气跑上山顶。这样的山自然不崎岖，也不勉强。草原上的景物无一样在眼里看着勉强。河流像一条镀银的鞭子曲折而来，草地在秋风中苍茫而去。所谓山——其实是丘陵，只在草地的背景下起伏而已。若在黄昏，天空将暮色像铁锅一样罩在草原上。在弧圆的天边，如有火烧云，地平线上便翻腾熔流的金汁。如宁静无云，天幕则一派澄蓝，浮几粒金星，天地之交是白茫茫的光带。

在草原俯仰天地，很容易理解生活在这里的人为什么信神，为什么敬畏天地。人在此处是渺小的。在暮色中，你若发现一个牧归的人在行走，那个移动的剪影，无异于一株树、一头不关四季变化的狼或狗，或如帕斯卡尔较体面的说法——人是一棵会思想的苇草。站在草原，会感到这里的主人绝不是人，而是众生。你能够理解，蒙古族人赶着羊群漫游，人与羊那样和谐，已然融为一体。在天地威重的注视下，人仿佛不敢凌驾于其他生灵之上。外边的人还会发现，居于草原深处的蒙古族人为什么谦逊，即使高龄的老人也很卑微。在他漫长的一生中，骨子里浸透了天的辽远和地的壮阔，他只能缩紧筋骨劳作，仰仗天地活下去。最好的人生姿态莫过于谦逊，你如果仰面躺在草地上，咬着一根草茎痴望高天，这时有人走来向你皱眉瞪眼，宣布指示或发脾气，你会觉得他的举动古怪、可笑以至于软弱。这里只能顺应天地，而无法在天地的睽视之下树立所谓人的权威。在牧人的眼里，朝岚暮霭，流年丰歉，山高水低，人事悲欢，必由一只比人的手更有力的手、比人的脑更深远的脑在安排。

有关神的事迹或心迹，蒙古族人并不热心追问。不像在实证主义影响下的西方人到处探听挪亚方舟在哪里，耶稣是不是真的复活了。蒙古族人目睹了眼前的秩序，以为是大道，便默不作声了。这种顺应，使他们的人生观更近于老子的哲学。草原的景物，熔铸了蒙古族人浑和自然的个性，蒙古族人也给草原的天廓地辐贯注了懒散厚重的心思。可以说，江南园林全由勉强而来，炫耀着人的机巧，因而那里精明的人们常常恨自己不够精明。精明的结果是更多的钱或名。在草原，钱只是天地手指缝漏下的微不足道的副产品。老天爷垂爱施舍些雨水，草儿长起来，牛羊肥了，牧人就有日子过。

云的小村庄

头一回看到的哈萨克草原，是塔城的铁克力提。那里的丘陵草原跟内蒙古的牧区差不多。大块的云彩飘过，人们看到云的影子在绿草上飞跑，如黑色的马群。像内蒙古一样，这里的草原上会远远地出现一棵树，枝叶繁盛但不高大，它好像走不出草的包围，正在犹豫，在回忆一件事。这样的小树在早晨拉出长长的影子，好像一位矮个子君王从长长的地毯走来，地毯就是他的影子。

铁克力提草原到处是草的芳香，这是草、野花和被熊蜂扑散的花粉集体发出的香气。香气在鼻腔和喉咙涂了一层凉丝丝的空气的蜜，让人们想唱歌。我想起的第一首歌是——“流浪的人啊越过天山，走过了伊犁，你可曾看见过阿瓦尔古丽，我要寻找的人啊就是啊你，哎呀美丽的阿瓦尔古丽。”走过新疆才知道，天山有多么雄浑辽阔，人和动物在他面前就像蠕动的蚂蚁或比蚂蚁更小的微生物。而唱歌的人越过庞大的天山，仅仅为了寻找娇小的阿瓦尔古丽吗？办这么一件大事只为了两人相爱这么一件小事。在维吾尔族、哈萨克族人看来，翻越天山是小事，爱情才是大事而且是永恒的大事。这份感情不是人和天山比较出来的，而是旋律里唱出来的。只有越过天山的人才有这样广阔的忧伤。

草原上的小树在天边，从山坡背后站立。距离远得让它们彼此看不到，人们坐在车上可以看到。风向变了，云彩的影子往西边的草原移动，而那边有热烈的金莲花，它如油菜花一样鲜艳，但不是花田。它们按自己的意愿组合，变成小片或大片，比油菜花更野性。云彩的黑影遮住它们，金莲花似乎变白了，而绿草像被野火烧过一样黑。云影移过草地，看上去阴影没动，是金莲花和绿草从黑土里跳出来或逃出来亮出色彩。金莲花的花朵拉着前面那朵花的黄裙子嬉笑着躲避云的阴影。

一只鹰飞过去，让我感到这里是新疆的草原。我看到鹰是先看到它在草原上飞逝的黑影，如一只黑兔掠过。抬头看，一只鹰从头顶划过，它双翅宽阔，比身体宽几倍，翅尖向上挑起，如佛教徒用中指做的手印。我没见过鹰扇动翅膀，它一直在滑翔。空气对鹰来说是起伏的冰原，它从巅峰滑下来，只需滑下去就够了。鹰把人的视线引向天边，山川轮廓柔美，合抱着耀眼的蓝天。白云像洪水一样从山隘泻出。在新疆，白云包围了所有的山脚，如蒸汽火车的雾气围绕车轮那样。山显出高大，但近看并不高，只是山和云的关系好，隔一会儿拥抱一下。

世上有多少朵云？这问题真不好回答。一天之中，从铁克力提草原天空飘过多少朵云？谁也答不上来这个提问，天神也忘了今天早晨往天空撒了多少朵云。大云被风撕成小云，有的云被山顶的松树挂住了胳膊，有的云在山坳里睡着了。早上出门的云在晚上回家时，它们的数量、形状、长相都不一样了。我喜欢云层里的灰云。灰云仿佛让天的蓝色含一点儿绿色，更湿润。草原在灰云下面显出深绿，好像里面汪着水。

云彩什么时候可以变成有用一些的东西呢？像棉花一样堆在地上，人钻进去散步或谈恋爱。冬天，把云加工成热云，在夏天加工成凉云。在云里安床，放桌椅板凳，拿鼓风机吹出一条道。云的地板是白色的橡皮泥，踩上去有弹性和香味。如果云足够大，人们在地面的云里建一座小村庄，建造刷红漆和绿漆的木头房子。在那样的屋子里，人们不看电视只吃棉花糖。

石屋是山峰的羊群

山巅的夜色比平地薄，也许离星星近，夜被银河的光稀释了。脚下的石板仍清晰，缝隙像墨勾的线。树上的柿子深灰色，灌木如国画堆起来的焦墨，石板路留白，斜着通往上面的屋舍。太行山白天黑夜都像水墨。阳光下，危崖千丈是皴法，大笔皴出石壁和悬松。入夜，山村如晕染，纸上留了更多的水分。石屋石墙的棱角显出柔和轮廓，这是淡墨一遍一遍染的，树用焦墨拉一下就可以了。我在下石壕村转悠时脑子想这些话，好像我是个画家。然而我不懂绘画，借国画技法状眼前所见，说个意思。

夜空上，星星大又亮，一部分星星被山峰挡住。走几步路，星星从山后冒出来，它们好像在旋转。这么大的星星如白锡做的铃铛，本该挂在天马脖子上，如今藏在了太行山的身后。我暗想，即使最小的一个星星掉下来，落在山上，也会叮叮当当响一晚上。

坐在木墩远望，天黑什么都看不清了。山峦刚才在红和蓝的天幕下凸现轮廓，眼下色彩尽了，山退隐。仅存一点儿光线时，雾（实为云海）从山谷汹涌地挤过来，挤进村显得薄了，赶不上蒸馒头大锅的白气密集。雾待一会儿跑了，可能嫌村里太静。村里的石屋构造朴拙，一排房子在山的衬托下显得小，只是人手堆起的一处居所，山是老人。石屋如同山峰放牧的一群白羊。

村民从我身边走过去，去村口的大石亭。石亭能装十桌人吃饭，四面见山，亮着红灯笼。山村静久了，多亮一盏灯、多一个人大声说话，就添了热闹，何况石亭亮起十几盏灯笼，红纱官灯。从身边走过的是妇女和老人，这个村和中国所有村庄一样失去了年轻人，他们离开土地去了水泥地，遭长途颠簸和出租房的罪，赚现金。中国没那么多耕地让他们耕种。灯光下，妇女和老人站在家门口向外张望，越显出房屋院落的寥落。村里大部分儿童去山下学校读书。东奔西跑的精灵不在家，村里更静了。石亭的红灯笼一亮，村民的心活了，来看热闹。

夜色浓重，看山不是山，是深浅不同的墨色。头上一条小路是石片垒起的，七八米高，石片中间钻出树，直径超过五十厘米，拐弯向上长。有的人家窗下横挂着木梯，这里家家离不开梯子，不是上山是上房，晒柿子、花椒和玉米。木梯子被风吹雨打变成白色。墙上标语隐约可辨，有一条是“生女也是接班人”，另外一条“女儿也传种”。这两条标语说得都对，尤其后一条。人种都从女人那里传过来的，没别的途径。

“呜哇哇——”，音乐响起来，自石亭那边。这音乐是CD放的，类似大型文艺晚会的开始曲。我想下面该出主持人了。果然，一个女声用央视春晚的声调说：“各位领导、各位来客、女士们、先生们，大家晚上好！”

我一边往那边赶，一边在心里给她续下边的词：“中央电视台平顺分台下石壕支台春节晚会现在开始！首先宣读海外华人和驻外使领馆的贺电……”但大喇叭里的女孩子说的是另一番话：“九月太行，是丰收的季节，苍山披翠，大地金黄……”很有文采嘛。我趋近石亭，见亭里坐几桌游客，服务员化舞台妆，穿性感纱裙往上端煮鸡蛋、烤马铃薯、炖鸡和柚子大的白面馒头。端烤马铃薯还用化戏妆吗？服务员眼角画进鬓里，如花旦一般。后来知道，她们是演员，兼服务员。

主持晚会的姑娘个子不高，没化妆，像城里人。她流畅地把太行山的人文地理介绍了一遍，宣布演出开始。服务员如仙女般手转扇子跳起舞来，伴奏带是央视经常放的大歌。仙女跳完，主持人又把吃的东西介绍一遍，是一些在其他地方吃不到的山货，诸如鹅卵石炒鸡蛋，清蒸南瓜苗，酱伴花椒嫩芽。仙女们换了另一身衣服，再跳舞。刚才是水红色短衣短褂跳扇子舞；现在是白裙搭青罗条，跳贵妃舞。主持人再上来，说：“哪位嘉宾唱歌？”一位游客大咧咧上来，用闽南话唱《爱拼才会赢》和普通话的《天路》。仙女们换短打扮，唱上党梆子。

这家伙，小山村热闹啦，音响师用最大音量放音，唯恐群山听不到。村民们都来了，安静地站在石亭下面观看。他们全神贯注，表情十分满意。这时候你就知道文艺的重要，它是心灵上的银铃铛，有人摇一摇，心里才满意。演出很快结束了（节目少），音箱发出深情的《难忘今宵》。主持人用央视的口风说：“难忘今宵，难忘太行，星光为我们指路，友谊是最美的琼浆。”音箱转放苏格兰民歌——《友谊地久天长》。

村民对主持人的文雅词语很满意，有人说话他们就满意，都是吉利话。苏格兰乐曲在太行山巅回荡，我问主持人是哪里人、演员来自何方？主持人告诉我，她是“大学生村官”，担任村主任，服务员和演员都是这里的“大学生村官”。这些女孩子来自长治、潞城、太原，她们在这里服务几年，可以留下，也可以考公务员，给加分。她们有警校生、矿院生和师范生。问年龄都是十九、二十岁，刚刚来这里。我才来，已觉得雄浑的大山需要她们的漂亮衣服和容貌，这些活泼的小“村官”让太行山感受到了青春的感染力。

雾散了，树叶滴水

凌晨醒来，是因为屋里进了雾。昨晚睡觉我敞着门，听雨声，让雨制造的“负氧离子”进屋来，这东西的催眠作用比酒精厉害。

我住的这个石屋位于太行山百丈悬崖上面的下石壕村，坐车穿行凿崖公路几十里尔后到达，辖属山西省平顺县。

山村奇静，我不知这里为什么没公鸡。村里的劳动力都下山打工去了，公鸡也下山了吗？日月升降无声，白雾来去也无声，这里只有雨声。昨夜有雨，敞门入睡如同听到一场雨在太行山顶的音乐会。其实雨也无声，人听不到雨丝划过空气的声音。耳边是雨敲击柿子树叶与核桃树叶的唰唰声，前一拨雨才落脚，后一拨雨又来了，雨水从屋檐滴在青石板上响声清脆。我仔细听其他“乐器”的奏鸣——雨打在倒扣的木盆上，滴在窗户的塑料布上，洒在菠菜叶上混成交响，落在门口的沙子里无声。

入睡后，一觉醒来窗棂微微泛白，我先回忆这是哪儿。每次出门睡醒时先回忆自己到了哪儿，也有回忆不起来的，起身到窗边向外看看才知道身在何处，在德国就是这样。看外边，雨停了，屋里进了雾，怪不得被子泛潮。床边的雾约有半尺，遮住了鞋，但床头柜的衣服还叠在那里。我大喜，吾榻拥云，有成仙迹象了。欲拍照——我躺床上，床下雾气缭绕，证明成仙并非自吹，照片在这儿——但我独宿，没人给我拍，可见成仙真不是容易事。洗完冷水浴，穿衣出屋，步入雾的世界。雾横着飘，一块块有锅盖或棉被大，相互牵扯，悬地二尺半，照顾你看清脚下的石板路。

在村里走，迎面来人从雾里现身，如有扛刀的坏人来到，近前三五米从雾里出现，人想跑也来不及了。这里没坏人，都是好人，他们朴讷醇厚。早上吃饭，四五个老乡拿着房客丢失的手机钱包送过来，房客瞪大眼睛感谢，说你们拾金不昧啊。老乡不以为然，他们在心里说，谁的就是谁的。

从雾中淡入的不光有人还有树，树的叶子被雨水洗得发亮。雨早停了，但树叶还滴水。雾的分子在溜光的树叶上待不住，索性化为水打滑梯落到树根下。苹果和枣在雾里现身，它们红得不一样。苹果紫绿相间，枣鲜艳。拇指盖大的枣在白雾里鲜艳，像树上挂的红宝石。

村里的建筑全系石材，石板路和碾子在雨后黝黑反光，三个石碾子并列。到秋天，村妇在碾子旁碾谷说笑，是热闹地方。屋顶的石片白光错落，野草在石缝摇曳。人走在窄窄的石巷，身旁被雨浇黑的石墙垂下桃形的牵牛花叶子，绿得鲜嫩。带绒毛的花蔓依在石头上，如婴儿偎在祖父身边。可惜牵牛还没开花，喇叭花如开放在水淋淋的黑石旁会有多抢眼。人说心想事成，有时会灵验。再走几步，在墙头上见到一只大南瓜，它的橙红，比喇叭花和红灯笼还明亮。南瓜像一百个橘子堆成的果篮，只是外皮有几道绿痕。南瓜摆在这里，仿佛是为了美术的需要，扫去石屋的沧桑气，让雾不显得闷。

往前走，雾散了，或者说雾退到对面的山峰。山峰开始一点点清晰，笔陡的石壁白垩色，峰上存土的地方长出苍松。苍松沉黑，成了悬崖的冠冕。雾越消退越露出壁立千仞，脚下云海仍是见不到底的深谷，太行山更显雄峻超拔。有人说一座山是一处关，太行是万壑千关，只有云海相伴。云海上面藏着一个小山村，牵牛花在石墙上悄悄伸出蔓丝，枣在雾里微红，雨水洗干净石碾沟槽的米糠，树叶缓缓往下滴水……

白蝴蝶的波浪

2013年6月24日上午，我们在呼伦贝尔草原的根河市坐车游历。下午两点半，所乘面包车由金河林场前往阿龙山鄂温克人驯鹿点，路上遭遇蝴蝶袭击。车行一路，“雪片”翩跹。

这一段路的路面不宽，只容两车交错而过。路旁长满白桦树和山杨树，树下青草及膝，在草上跺一跺脚就有水渗出来。车从开阔的草原地带开过来，经过激流河的一座大桥，走入这段夹林公路。这时，车窗两边腾起白蝴蝶的波浪，像爆炸一样。我们注视面包车的前窗，从司机的背影朝前方看过去，玻璃前方是白花花的蝴蝶。显然蝴蝶被惊扰了，它们原来伏在路面和路边的草里，被车轮惊醒，腾飞到半空，撞在车身上。我们认为这可能是一瞬间发生的事，只是个偶然，以为再也看不到此景并准备回忆。但事实向我们证明，这不是几百只蝴蝶的瞬间爆炸。一路上——此路长达八十多公里，有无数蝴蝶被车轮惊醒、飞撞，如同满天的雪片。“雪片”一词是说蝴蝶全是白蝴蝶，无一只黄蝶或红蝶。它们的数量如此之多，在车轮碾过的道路上，布满蝴蝶的遗骸。刚下过雨的道路的黑泥里，掺进了一多半白色。我知道这样说不浪漫，有人会联想起梁山伯与祝英台。但我说出这个奇遇，证明我的惊讶还没有消失。

世上有浪花一般层层叠叠的梁山伯与祝英台吗？如果有，天下痴情男女何其多也。当年，佛陀问弟子：“世上的海水多，还是世人流下的眼泪多？”弟子答道：“人于无数轮回中同父母、子女、手足、亲眷分离时流下的眼泪比海水更多。”佛陀曰：“此谓无常。情何其浅，爱何其短。”那么，公路上有万千蝴蝶结对翻飞就不奇怪了。可是，它们在公路上做什么呢？

不消说，车上的乘客都在为此惊讶，拍照、停车观摩，然后车行驶，仍有那么多蝴蝶围着车旋转，撞在玻璃上，落入地面。车呼啸往前开，冲入无尽的蝴蝶阵，我感到司机是一个古怪的人，或者说他是没安装情感软件的机器人。他似无所见，虽然他眼前全是遮蔽了道路的蝴蝶。蝴蝶扇着翅子惊恐乱飞，这些对司机一点儿影响都没有。我觉得车上会有很多人恨这司机，仿佛他老婆立刻跟他离婚才对，为着他的不浪漫。然而时间长了，我们也开始麻木，仿佛此车已化为木舟，在牛奶的海洋航行，蝴蝶只是乳汁溅起的浪花。再过一会儿，我甚至感到车的前窗和两侧的窗子变成了电脑显示屏，浮现蝴蝶飞飞的屏保画面。人正是这样麻木的，他们早忘了梁山伯与祝英台。车上惊呼的人越来越少，“哎哟，啊呀”这些惊叹语被沉默所代替。当大家都看见奇景的真实之后就无奇了，谁再继续喊“哎哟”就像无病呻吟。可是，面包车如此长久地惊起与碾压蝴蝶阵营也引发了人的不安，这时候，保持沉默而不喊“天哪！”似乎也不对。这一车麻木的屁股底下的橡胶车轮正压过蝴蝶的薄翅往前开，你们安之若素是正当的吗？经过这一路，所有的屁股都沾满了罪恶。这么说没错吧？可对于旅行者来说，他们又能怎样呢？

车窗外的白色不光有蝴蝶，还有林梢的云彩，几乎每一片树林都戴着白云的冠冕。蓝天总是在游人的头顶蔚蓝，云朵从树林上方和山峰间迂回飘游。林子里的白桦树三五株结伴生长。“结伴”这个词说白桦像人一样悠游，它们像等待什么。每当我来到白桦树边，总想起这句话——它们在等待。它们靠着彼此的肩膀，有的树从其他树干身后探过身来，它们带有人的气味。白桦好像在往远方瞭望，像累了，像要过河。对我来说，来到它身边，除了伸手摸一摸树干，还应该拿什么东西送给它们才对。把一只银锁挂在它的枝上，拿一块蓝绸子包在树上都好，可是我没有。在所有的植物面前——无论青草与鲜花——我每一次都感觉自己是一个贫穷者，我的身体和身上的东西都比不上这些带露水的生灵。白桦树比其他植物更有灵性，它们好像是树林里的鹿群，温驯灵慧。

配得上白桦的是漫天飞舞的蝴蝶。蝴蝶不怪，白蝴蝶也不怪，但见到蝴蝶像流水一样袭来就有点儿怪了。这一种怪会激发人作诗的欲望。我看到蝴蝶在八十公里的路上翻飞，觉得世上有一种人名为诗人实在是得体，他们作诗更是理所当然。我作不出诗，我暗暗猜想诗人见到这一景象会作怎样的诗呢？想不出来，却想起雷蒙德·卡佛诗集《我们所有人》中的一句诗“所有的诗歌都是情诗”，对蝴蝶来说也是这样。它们的蛹在泥土里蛰伏了好多年，此刻化蝶交配，几小时内死去。此景被人看到，惊呼继而沉默。人们目睹了大自然的情诗。

明 月 夜

月亮每个月圆一次，圆是月亮的任务。人类在没发明历法的年代，用月亮规律的圆作为时间的标记。他们把三十天或三十一天叫作一个月，当然每年的二月只有二十八天。月亮成了时间的名字，并且有排行——一月、二月、三月、四月、五月，一直到十二月。十二月并不是那个月的天上有十二个月亮，而是这一年的第十二个三十天，这些事听上去很幽默。月亮既是天上月亮的名字，又是人间时间的名字。

月圆之夜是世上的美景，月亮像黄铜的盘子挂在深蓝色的夜空上。说月亮挂在夜空上不完全对，挂东西要挂在绳子上或者钉子上，月亮那么大，往哪儿挂呢？天上也没有绳子和钉子。总之，在农历每个月的十五那天，圆圆的大月亮出现在天空，月光洒落大地，地上好像结了一层毛茸茸的白霜。我们伸手摸深秋草木上的霜，手指肚感觉冰凉，树叶上的白霜会被手指的体温融化成一个圆印。月光的白霜摸上去不凉，踩一脚也踩不脏，它像霜不是霜，是光。明月夜，大路上、屋顶上、树叶和草上都覆盖了一层月光的白霜。看上去，万物像泡在牛奶里，干净而且安静。

圆月当空，夜色不那么黑了。它不仅浅了而且有一些蓝。你知道，深蓝色的夜和金黄的圆月亮放在一起很好看，大地丰满而又清晰。在这样的夜晚，山峦的轮廓，河流和树木的轮廓都显露出来。在真正的黑夜，这是看不清的。夏天的圆月之夜看得见青蛙在池塘边上蹦跶，甚至可以看清夜空上的白云。冬日，如果大地堆满了白雪，月光照下来，大地更亮了，可以看到兔子在雪地里扑哧扑哧地往前跑。它刚从雪里拔出后腿，前腿又陷在雪里，跑得一点儿也不快，一点儿也不像兔子。

伸手可得的苍茫

我有一个或许怪诞的观念，认为霞光只出现在傍晚的西山，而且是我老家的西山。我没见过朝霞，而在沈阳的十几年，亦未见过晚霞，或许这里没有西山、污染重以及我住的楼层过矮。

晚霞是我童年的一部分。傍晚，我和伙伴们在炊烟以及母亲们此起彼伏的唤儿声中不挪屁股，坐在水文站于“文革”中颓圮的办公室的屋顶上观看西天。彩霞如山峦，如兵马之阵，如花地，如万匹绸缎晾晒处，如熔金之炉，气象千变万化，瑰丽澄明。我们默然无语，把晚霞看至灰蓝湮灭。有人说，晚霞并不湮灭。

观霞最好是在山顶，像我当年在乌兰托克大队拉羊粪时那样。登上众山之巅，左右金黄，落日如禅让的老人，罩着满身的辉煌慢慢隐退。我抱膝面对西天而观。太阳的每一次落山，云霞都以无比繁复的礼节挽送，场面铺排，如在沧海之上。在山顶观霞，胸次渐开，在伸手可得的苍茫中，一切都是你的，乃至点滴。

此时才知，最妙的景色在天上，天下并无可看之物。山川草木终因静默而无法企及光与云的变幻。此境又有禅意，佛法说“空”并不是“无”，恰似天庭图画。天上原本一无所有，但我们却见气象万千。因此，空中之有乃妙有，非无。然而这话扯远了。

昨天我见到了晚霞，在市府广场的草地上方，那里的楼群退让躲闪，露出一块旷远的天空，让行人看到了霞舞。当时我陪女儿从二经街补课回来。我对孩子说，你看。她眺望一眼，复埋头骑车，大概还想着课程。

PART 3 河流·自然篇

阳光每每给河水披上黎明的金纱，
太阳落山之前到河里洗浴。
河水如奔跑的野火，
贯通大地。
河水上漂过稻花之香，
熟麦之香。

▼

河床开始回忆河流

大地上的河床像一个干瘪的口袋，粮食没了，口袋显出宽阔。我在各地见到许多干涸的河床，它们不是耕地、不是广场，是从天边延伸而来的河床，只是没有水。

所谓一无所有，说的正是河床。如果有，也只有一些鹅卵石。夏天，不长庄稼不长草的土地是干涸的河床。乍见白花花的河床，心里惊讶，它是什么？它几乎什么都不是。你能相信一条宽阔的河流竟然一滴水都没有吗？在雨后，在盛水期见到干涸的河床让人不安，无法想象当年这里曾经有过河，可以用汹涌、清澈、波浪和白帆形容的河，它竟然没了。

对大自然来说，河没了，比人丢了钱更痛苦。如果河没了，鱼和水鸟的家也没了。两岸的青草没了，倒映在河里的星星也没了，因为星星不能倒映在石头上。如果河没了，连同河床一起消失是最好的。没有水，留下的河床好像是伤疤，是一条长长的干鱼的尸体。是的，干涸的河床如同尸体。是谁的尸体？是河的尸体吗？没听说河竟然还有尸体，水干了，白花花的河底只能是河的尸体。

干涸的河床好像在回忆，它抱着不应该拥有的沉寂回忆涛声和蛙鸣。河床回忆什么是水，它不知道水流到了什么地方，也不知道水会不会再来。当年水来的时候匆匆忙忙走过河床，带来鱼虾和泥沙。水没等站稳脚跟歇息，就被后面的水挤走了，水比车站的人流更拥挤。河床从来没想过一条叫作河的水流会干涸，这种惊讶比一个朝代的更迭更让人吃惊。

河床的悲哀是一个母亲的悲哀，她的产床上已经没有了孩子，她还在等待，并且哭干了泪水。一家外媒报道，从卫星上观察，中国境内二十年前约有五万条河流，现在这些河流中已经失去了两三万条。有两万多个河床母亲手里失去了孩子，她们怀里空荡荡的，等待人类把孩子还给她们。

人说，人是无所不能的，起初我不相信。当我看到一条又一条干涸的河床时，我相信了这一点，并为自己作为人类的一分子而感歉疚。人把河都消灭了，还有什么做不到吗？消灭一条河比建造（请原谅我使用“建造”这个词，这完全是人类爱用的词，而河流无法建造）一条河更容易。把河流上游的树木和竹林砍光，草原沙化，河就死了，只剩下河床这条敛尸袋。

当大街出现一个带刀痕的死人时，警察会为这个人的死搜寻原因，曰侦查破案，人类为此发明了一个词叫“人命关天”。如果一条河死了，没人破案，没人痛哭，更没人祭奠。所以，当中国死去两三万条河流时，人们并没觉得失去什么，因为他们不是小鸟不是青草。他们忍受气候变化并心安理得，却没一个人指认杀死河流的凶手。在所有的案件里，如果凶手不是一个人而是一个社会的时候，罪行自然会被赦免，我们都不是罪人。

我们都不是罪人，我们劝自己欢乐并制造更多的欢乐。电视台从国外引进娱乐节目在媒体上操纵人们哭笑，让人保持人的正常情感。而河床敞开空荡荡的怀抱，她的孩子没有了，她以为人会惊讶会替她找回孩子。先前的人类离不开河流，人类所谓的“文明史”都诞生于河流的两岸。看地图，人类的城市多建造于河边，中国有多少城市的名字带着水字边。古时候，人祭祀河、景仰河，后来竟搞死了河。人爱说“算你狠”，搞死河者，何止于狠，是把事做绝了。

我觉得人类应该派一个人（比如政府官员）到河边告诉河床，河已辞世，水利术语叫断流。他们理应为河床献上一些祭品表达歉意，河的消失毕竟算是大事。或者，他们在河边装一个高音喇叭，日夜播放河水流过的声音和鸟啼声。总之，人应该为河的陨灭略微表示一点儿态度。

南方的河流

南方的河流平缓饱满，小雨像丝网一样漂在河的表面，河把它们运到不下雨的地方。

南方灰白色的河流驶过吃水线很高的运沙船，沉重的船体移动，仿佛时刻在爬坡，河水的表情愈加灰白。谁都能看出河水比船更疲惫。

远眺南方的河流，它如同刚刚解下围裙、拾完柴草、喂过猪、做熟了饭的母亲。疲惫的南方河流，天天驶过货轮和运沙船。

南方河流众多。在多山的南方，河流自古已是道路。马蹄虽未踏过，拥挤的船舶磨白了河流。它们没时间看天，也抓不住河底的水草，唯有沉默流淌。

南方的河流一如蚌壳色的大地悄悄移动，这块地不长稻子和杂草，只有瓦楞似的波纹和船的村落。

船开往天际。南方的天际融化了地平线，仿佛河水在天际走散了，河流成了天际的尾巴。南方的鸟儿名字叫鸥，叫鹭，长着长长的脚，随着河流游荡。

南方的河流子女众多。多如牛毛的小溪从山里渗透大河。溪水在山里像儿童一样清澈，进入河流就老了。它们过早投身劳作，肩扛货船，手挑鱼虾。溪流进入河流之后开始寡言，它们听不懂彼此的方言，南方的方言比树上的枝杈还多。

南方人在陆地上仗没打够，把仗打到江上，草船借箭，火烧连营。人类脖子二根筋，河流脖子一根筋。河流没办法抬头辨识打仗的人和船头的旌旗。后来听到战鼓息了，呐喊息了，落入水下的箭镞长出绿毛。

河跟鸟兽一样在夜晚休息。南方的河流用月光洗自己的布衫。千里月光洗千里河衣，万里月光洗万里身体。南方河流的手足上全是泥巴，脊背长满老茧。月光倾水、一摇一顿，河流白一点，又白了一点，松开皱纹，尔后休息，一梦出了洞庭。

渔舟唱晚唱南方河流之晚。唱歌人头戴斗笠、身披蓑衣。南方的方言音调繁复，融汇了水车、江鸟、猿与山鬼的音调，咿咿呀呀。渔歌更像鱼歌，渊深幽远，如水草飘荡河面。

南方的河流为五谷奉献奶水，南方种两季和三季稻谷，河和河的子孙哺育稻和稻的子孙。稻子开花了，稻田滚过南方河流的浪花。两湖两广的大米里藏着南方江河的气味。白帆其实不白，河流缓缓而流，云母色的南方天空下面只有油菜花鲜明晃眼。

南方多雨的河流培植的竹子吹出玲珑的笛子曲，南方多鸟的河流倒映海螺似的青山，南方鱼虾丰盛的河流把村庄哺育成水乡，南方驮着竹筏的河流淘洗白腴的月亮。南方的河流古代叫水，如今叫江。在长江和珠江的出海口，南方的河流汇入大海，我替他们庆幸，它们终于可以歇歇了。

布尔津河，你为什么要流走呢？

布尔津河像一只长方形的餐桌，碧绿色的台面等待摆上水果和面包的篮子。河水在岸边有一点小小的波纹，好像桌布的皱纹。

我坐在山坡上看这只餐桌，它陷在青草里，因此看不见桌子腿。这么长的餐桌，应该安装几百条腿或更多结实的橡木和花楸木腿。小鸟从餐桌上直着飞过去，检查餐桌摆没摆酒杯和筷子。其实不用摆筷子，折一段岸边的红柳就是筷子。现在是五月末，红柳开满密密的小红花，它们的花瓣比蚊子的翅膀还要小。这么小的花瓣好像没打算凋落，像不愿出嫁的女儿赖在家里。红柳的花瓣真的可以在枝上待很久，没有古人所说的飘零景象。

来会餐的鸟儿一拨儿一拨儿飞过了许多拨儿，它们什么也没吃到，失望地飞走了。有的鸟儿干脆一头扎进桌子里面，冒出头时，尖尖的喙已叼着一条银鱼。这就是河流的秘密，吃的东西藏在桌子底下。

青草和红柳合伙把布尔津河藏在自己怀里，从外表看，它不过是一个没摆食物的餐桌。为了防止人或动物偷走这条河，红柳背后还站着白桦树。白桦树的作用是遮挡窥视者的视线。青草、红柳和白桦树每次看到藏在这里的布尔津河干净又丰满，心里就高兴，它们竟可以藏起一条河。但它们没想到，布尔津河一直偷偷往西流。表面看，河水一点儿没减少，仍像青玉台面的长餐桌，但水流早从河床里面跑了。假如有一天青草知道了布尔津河竟然一直在偷偷流，它一定不明白河水要流到什么地方去，还有比喀纳斯更好的地方吗？

青草喜欢这里，它不愿意迁徙的理由是河谷的风湿润，青草在风中就可以洗脸。青草身上的条纹每天都洗得比花格衬衣还好看。这里花多，金莲花开起来像蒺藜一样密集。这一拨花开尽，有另一拨儿花开。到六月，野芍药开花，拳头大的鲜艳的野芍药花开遍大地，青草天天生活在花园里。可是，布尔津河你为什么要流走呢？

现在野芍药打骨朵了，像裂开的绿葡萄露出山楂的果肉。我用手捏了捏，花蕾的肉很结实，一根手指肚大的花蕾能开出碗大的花。我想把山坡的野芍药的花骨朵全都捏一遍，好像说我手里捧过百万玫瑰（为了你，我舍得百万玫瑰——这是我昨天听华俄后裔张瓦西里唱的俄罗斯民歌）但我怎么捏得过来呢？把花捏得不开放怎么办？草地、悬崖上都有野芍药花。开在白桦树脚下的野芍药花一定最动人，它像一个人从泥土里为白桦树献花。

白桦树，你怎么看都像女的，就像松树怎么看都像男的。白桦的小碎叶子如一簇簇黄花，仔细看，这些黄花原来是带明黄色调的小绿叶子。能想象，它在阿勒泰的蓝天下有多么美，而它的树身如少女或修士身上的白纱。当晨雾包裹大地又散开后，你觉得白桦树收留了白雾。我甚至愚蠢地摸了摸树干，看了看自己的手指肚，又用舌头舔了舔——没沾雾，白桦树就这么白。既然这样，布尔津河你为什么还要流走呢。

有一天，我爬上了对面的山。草和石头上都是露水，非常滑，但我没摔倒。我的鞋是很好的登山靴，它根本没瞧得起这些草和石头上的露水。登上山顶，看到了我住的地方的真实样子。木头房子离河边不远，像狗窝似的。黑黑的云杉树如披斗篷的剑客，从山上三三两两走下来。更黑的那块草地并不是一片云杉长在了一起，那是云朵落在草地上的影子。

布尔津河在视野里窄了，像一条白毛巾铺在山脚下，也有毛巾上摆着圆圆的小奶球，有一些奶球连在了一起。它们是云朵，这是蒙古山神的早餐。云，原来还可以吃的，这事第一次听说。山神那么大的食量，不吃云就要吃牛羊了，一早晨吃一群羊，还是吃云吧。雾从河上散开，一朵一朵的云摆在河上，山从雾里露出半个身子，准备伸手抓云吃。昨晚下过雨，木制的牛栏和房子像柠檬一样黄。不一会儿，天空有鹰飞过，合拢翅膀落在草地上，想要抓自己的影子。野芍药下个月就开花了，山神早上在吃云朵，偷偷流走的布尔津河把这些事情告诉给了远方的湖泊。

河流日夜向两岸诀别

河流看到岸上的人，如同火车里的旅客所见的窗外的树，嗖就过去了。让河水记住一个人是徒劳的事情。河流像它的名字说的那样，一直在流。没听说哪个人的名字叫流，张流李流，他们做不到。河流甚至流进黑夜里，即使没有星星导航，它们也在默默地流，用手扶着两岸摸索前进。无月的黑夜，哗哗的水声传来，听不出它们朝哪个方向流。仿佛河水从四面八方涌来，流入一口井。

河留不住繁花胜景。岸上的桃花单薄羞怯，在光秃秃的天地里点染粉红。枝上的红与白星星点点，分不清是花骨朵还是花，但河已流走，留下的只是一个印象。印象如梦，说没发生过亦无不可。倘遇桃花林，那是长长的绯红，如轻纱，又如窝在山脚下浅粉色的雾气，同样逝去。马群过来喝水，河只看到它们俯首，不知到底喝没喝到水，河已走远。

河水流，它们忘记流了多少年。年的概念适合于人，如秋适合于草，春适合于花，朔望适合于潮汐。没有哪一种时间概念适合于河，年和春秋都不适合描述它的生命轨迹。河的轮回是石缝的水滴到山里的小溪再到大海的距离，跟花开花落无关。当年石缝里渗出的水跳下山崖只为好奇，它不知道有无数滴水出于好奇跳到崖下，汇成了小溪。它们以为小溪只是一个游戏，巡山而已，与小鱼蝌蚪捉迷藏。没承想，小溪下山，汇入了小河，小河与四面八方的河水汇合，流入浩浩荡荡的大河，它们知道这回玩大了，加入悲壮的旅程，走入不归路。

归是人类的足迹，恐田园将芜。河水没有家园，它只灌溉别人的家园。河的家在哪里？恐怕要说是大海，尽管它尚没见过海。如果把河比喻为人，它时时刻刻都在诀别，一一别过此生此世再也不会见到的景物。人看到门前的河水流过，它早已不是昨日的河水。今日河水与你也只有匆匆一瞥，走了。没有人为河送行，按说真应该为河送行。河水脉脉地、默默地，夜里则是墨墨地流过，无人送它一枝花。河有故乡吗？河只记得上游。上游是它的青年、少年和童年，而这一个当下它还在上游。下游有多远，不是五里地、十里地，那是天际，是可以流去的一切地方，那里不是空间、是时间。

佛法常常劝人想到死亡。死亡不光是一个生命的终结，还是一块磨石、一个巨大的譬喻、一面镜子或召唤，是集合地点和最真实的存在。如果“存在”这个词具备实在的含义，说的即是死亡。死亡蹲在遥远的天边，人一步一步叩拜它，事实上，它就在人的身边，和人一起到达天边。佛法认为死亡不光指生命，它还是别离。它是一瞬间离开我们的许许多多的东西，死这个词不便于四处应用，在佛经里的指代叫无常。如果不以肉体作生命的唯一，人与万物的死死生生从没有过停歇，生死不曾对立而在相互穿越，这里面不包括被贴上标签的“我”。佛法认知事物的第一道门槛是不让“我”入内，里面没有“我”的座席。河水有我吗？正像河水不会死亡，干涸是蒸发与渗入泥土，而非死亡。水在河里不停翻转，水分子时时与其他水分子组合成波浪或镜子般的平面。浪涛一秒之后化为其他浪涛，只有势，而无形。无形的、透明的水，没有财产、家业、家乡，乃至没有五脏六腑的水在流动中永生。水没有记忆，没有历史欠账，没有荣辱，清浊冷暖高下缓急对河流无所谓，它所有的只是一张长长的河床。

阳光每每给河水披上黎明的金纱，太阳落山之前到河里洗浴。河水如奔跑的野火，贯通大地。河水上漂过稻花之香，熟麦之香。河水给山洗脚，于高崖晾晒雪白的瀑布。河水每到一处记忆一处，记忆山包括山上的一朵小花。记录天上与水面的星座。河水深处，鱼群如木梳从河的肋边梳过，水草在河底盛开暗绿的花朵。河水告别了山顶的弯月，告别了软弱的炊烟，告别鸟群。此时牧童在河面写字，羊群用鼻子闻河水的气味。河流穿过桥梁为它搭建的凉篷，穿越容易迷路的沼泽。河水于宽大处沉睡、狭窄处唱歌，河水的前方差一点点就汇入天上的银河。河水每时每刻都与岸上的一切诀别，以微微的波浪……

没有年纪的小河

我舅舅昭日格图的房子后面有一条小河。小时候，我去他家三天之后才发现这条河。他的土房子由草泥垒成。一锹挖下去，方块的草泥就成了垒房的坯。泥里夹杂半尺长的草根，像葱根一样雪白密集。他们把在河边挖的草泥搬到木制的牛车上，草泥上还长着两三寸高的青草，像方头方脑的绿头发。泥坯沉重、坚固，里面有草根交织，永远不会松散。牧民把草泥拉回来，选好一个地方垒房子。阳光照在他们黑红的胳膊上，胳膊薄薄的皮里有肉瓜灵活地窜动，像煮熟的牛腿的腱子肉，由此我想到了酱油。他们七上八下搬运胶皮似的草泥垒墙，有人站墙上拎着鹅卵石的坠吊线。肉瓜们忙碌半天时间，垒成房框子。牧民们砍几棵杨树架在房框上当梁。梁上铺红柳的苫芭，糊上泥，房子就盖好了。垒墙时我希望看到把长草的一面朝外。他们却不这样办，草面朝上。房子矗起后，泥块上带着铁锹的挖痕，那是钢铁切开泥土留下的光滑痕迹，比用泥抹子抹得紧实。泥块与泥块之间露出一层青草，像绿油漆在黑泥上划的粗线。

说这个，是因为我最近又回到那里——巴林右旗白音尔登苏木。我舅舅搬到了城里住，乡下还有草场。那间土房子还没有塌，它像老人一样个头矮了一些，不知是前墙矮了还是后墙矮了。我量身高比年轻时矮了一厘米，医生说是脊椎间隙磨薄了。土房子上画绿格子的青草早没了，不是枯黄，是没了，我离开那里已经四十多年了。房子拆掉了窗户，露出黑洞，屋里装工具。它成了一幅黑白照片，衬着灰绿的草原、紫红色的摩托车和似转非转的风力发电机的乳白色风扇。然而房后的小河还在那里，哪儿也没去，没褪色成为黑白照片。小时候，我和我姐姐塔娜到达白音尔登是一个上午，大舅昭日格图和过继给别人家的二舅江格尔正在旧房子边上搭建刚才说的新房子。江格尔驾驭着全村唯一的胶皮轱辘马车，他时刻用手摩挲竹枝鞭杆上的皮鞭红缨。红缨比玉米穗子更红，像适合松鼠穿的短裙子。新房子还没垒，他们用手指在空气里比画，像瘸子那样拖着一条腿在草地上画线，这都是造屋所需要的动作。旧房子后面有齐腰高的柳条，我们不知道它是河边才长的柳条。我们喜欢从旧屋子水缸旁边一口气跑到对面的沙丘顶上，大概一百米。地势升高，草的绿毯子铺到沙丘前不够用了，露出沙丘的白色肩膀。在沙丘顶上，我们闭紧眼睛，团身往下滚。本想滚回旧房子的水缸边上，睁眼看，房子还在远处，像牛皮纸糊的盒子。

塔娜，我，还有昭日格图舅舅的女儿查干叁丹、宝若叁丹一起玩捉迷藏。宝若叁丹穿一件刚能穿进去的绿绸子小褂，短襟在风里飘，跑到哪里都会被人找到。查干叁丹故意让她趴在鲜红的倭瓜或金黄的玉米堆边上。宝若叁丹三岁，黑得像一个烙铁。我们藏来藏去，藏遍了所有可以藏身的地方——鸡窝后面、羊圈里、筐里、红躺柜底下，盖单子躺被垛上面假装是叠好的被子。塔娜在房后的柳条里发出尖叫——啊！我们以为塔娜被狼叼走了，跑过去看，塔娜掉进小河里，她拎着白底红花的裙摆，一边咽眼泪一边笑。草原上的柳条当中竟然藏着一条河，它满足于自己的小与安静，悄无声息地流淌。

我敬佩塔娜，是她发现了这条河。她的凉鞋陷进泥里，回头找出来，用拎凉鞋的手擦眼泪，吓着了。查干叁丹和宝若叁丹也向塔娜放射敬佩目光，塔娜藏猫猫还敢藏在河里，厉害。这条河一米宽，半尺深，河底的淤泥刚刚吞没脚脖子。河水澄清后，露出与这条河相配的火柴棍式的小鱼。河水好像没流，但草在水里倒向一边，如风中的长发。小河两岸（一米宽的河也有岸）的红柳条在风中交集，挡住河的身影，天上的云彩在柳叶的缝隙里露出窟窿的白，成了棉花套子。我们摘下野花丢进河里，看它们飘多远。塔娜捉到一条鱼，像馅饼一样扁圆。鱼被塔娜捧着，尾巴轻轻拍打她的手心。昭日格图舅舅说，这条河呢，下了雨，水这么多。不下雨，水也这么多。

多年之后，我又见到了这条河，它一点儿都没老。河还是一米多宽，红柳条在风中交集，河里窜动火柴棍式的土色的小鱼，草在水里漂向西边，河不会老吗？河流原来没有年纪。昭日格图舅舅比他父亲当年还要老，哮喘病让他浑身上下都发出“咝咝”声。当年他一身肉瓜，手持套马杆和烈马撕拼，像鹰一般。我觉得这条小河的记忆储存在我的大脑深处一个冰冻的罐子里，见到小河，记忆的罐子解冻化成水。这只是一条河的记忆，不知有多少往事在脑子里还没有解冻，冻就冻着吧。

河流没有影子

白桦树和黑榆树有同样黑色的影子。我把两只粉色的牵牛花扣在眼睛上，看东西一律是粉红，但它们也有影子，像酒盅一样。

鸟的影子难得一见，它的影子从房檐掠过去，像窜过一条蛇。它的影子在飞翔中消逝得那么快，那也是影子。

云的衣衫有一些透明，因而它的影子如同树林的荫凉。站在山顶上看云的影子，大的占几亩地。这么大的云彩的影子笨拙地移动，好像要搬走地上的庄稼，搬不走，它自己慢慢走了。

让每一样东西拖着黑色的影子是太阳的意思，喻示一切事物终将消失，除非它没有影子。

只有河水没有影子，因为它透明。水可蒸发为云，可渗地成河，水可无限分割又瞬间接合。水的影子是冰雪，而冰雪消融又回归于水。只有水不死。

在早上的光线里，螳螂的影子被放大好几倍，像是钢铁制造的侠士。它正在欣赏自己的影子，它没想到自己的爪牙一夜长到这么大，更适合穷兵黩武。在江南，比一丛乱竹更潇洒的是一窗竹影。郑板桥说，他的竹是对着粉壁墙竹影描下来的。郑画的竹子笔墨平平，妖气重，和他的做派一致。

前面说没有影子的只有河流，大凡透明之物，均无影。人也如此，心里空了，就没有好事坏事的影子，如同河水留不下浪涛的影子。透明的人如同一只手不分手心手背，是一团混沌，无抓亦无放。透明的人或物不阻挡阳光，阳光从他（它）们的身体穿过，顺便带走了烦恼。

人的影子在地面或长或短，或胖或瘦，物理学说这是由太阳与地球的位置造成的，我以为这恰恰是一个譬喻。早上，影子往西方拉长，如人之童年，喻示未来的岁月尚多。影子在中午伏在脚下，说盛年阳光最旺，阴影躲了起来。傍晚的影子又长了，但长的是已经度过的岁月而非未来，步入老年。

世上看不到红影子、绿影子，影子不是色彩，是暗地里的轮廓。影子无白色，白纸的影子也不是白色。影子不经你同意量出你的长宽高，放在地上，告诉你不过是你。就影子而言，你和别人并没有两样，高贵、典雅、妖娆这些词对影子用不上。下雨天，雨冲走了人与物的影子。雪天，人和墙头小鸟的影子格外黑，远方积雪山峰的影子反射蓝光。

黑夜是地球的巨大阴影，这影子深邃稠密，把所有的事物归纳为黑。人在黑夜里睡眠，孩子的身体在黑夜中生长，黑夜缔造了一个独特的世界。在地球的影子里，万物看到了别样的光亮，这就是星星和月亮的光。人对黑夜的光寄寓美和期盼，星光喻示前路微茫，月光寄托相思千里。万物在地球的影子里享受每一夜，而昆虫和动物在夜里开始它们正规的生活。夜，不过是影子，如同一株草身后的影子。事实上，一粒沙的影子也可以创造像夜这么大的黑暗，只不过沙的空间与地球不一样，而空间与时间不过是人造的观念，方便自己记录地点、年龄和自己所做未做的事情。他们把时间称之为光阴，光为昼，阴为夜，说的是光和它的影子。

蛇没有影子，它匍匐在地，盖住了自己的影子。雨滴没有影子，它降落得太快，人看不清它们的影子。火没有影子，它和阳光一样炽热。死人没有影子，他们终于甩掉了影子长眠于地下。歌声的影子是它的回声，人心的影子是他们的记忆。有人不为当下生活，靠记忆的影子生活。所有的记忆——不管好还是不好的记忆——终将变为影子。影子乃虚无，只是人们看不穿这一点罢了。

激 流 河

六月下旬，草原是一块从黑土里露出的碧玉。这块玉被雨水冲洗得干干净净，方圆几百里。

我在碧玉上行走，如同蚂蚁慢慢爬过草原。碧玉上鲜花开放。六月的呼伦贝尔，开放最多的是两种花，一是大朵的野芍药花，像千万只白蝴蝶落在修长的绿草上。另外一种我叫不上名字，是小黄花。黄花虽小，却浩荡地开到天边。从额尔古纳进入根河的路边，小花改变了草原的颜色，比油菜花淡一些，花海连到了云际。

碧玉上生长着落叶松和白桦树。这里四处可见到松树。车开出千八百里，车窗两边还有松树。呼伦贝尔草原高贵的气质在松树身上体现无遗。松树的芳香浸润着呼伦贝尔的土地与河流，它的气息与在别处不一样。一千里玉米，一千里麦子，一千里柳林和一千里松树划分出不一样的土地和心地。而白桦点染着呼伦贝尔的女性气息，让人看到她的秀美。莽莽苍苍的大兴安岭有白桦的点缀，像魁梧的巴尔虎男人腰上彩色的烟荷包飘带，小处衬托大美。

草原碧玉最美的衣衫是河流，它抱着草原，似蒙古袍的腰带。海拉尔河、根河、额尔古纳河是千回百转的绸带，白天是蓝色，夜晚是白色。它流到哪儿，把鸟儿带到哪儿，白净的脸上带着笑容，环绕千里。

激流河是根河的支流。世上并没有所谓根河。呼伦贝尔有一条葛根高勒河，蒙古语，意思是佛爷河。河的名字到了汉族人嘴里变成“根河”，是简称也是牵强附会。这一次我们游历根河市，处处可以见到激流河的身影，它如同一个侦探，查验我们的行踪。这是多么美妙的侦探，带着野花和蝴蝶，以清楚的眼波张望。

从桥上看，激流河水是黑色的，流在琥珀色的河床里。来到水前，河水透明，所谓黑色是两岸森林的倒影。鹅卵石和沙子的颜色晶黄，为河流铺上一层兽皮褥子。

河流不愿意被人从桥上观望，那是上天和飞鸟看河的视角。人偶尔上桥望河，只是一瞥。人更多在大地上，树林里，草原和公路边上望到河流的身影。今天早上，草原没有一丝雾，光线如水一样透明。白桦树四五株一墩，它们长得很高很细，只在树梢伸展一些叶子。白桦树在我眼里全是树干，白得耀眼，身上仿佛涂满了石灰。激流河在树的后面露出波光。河水从树干的间隙反射阳光，是一片微颤的、动荡的光影，在白桦树身后穿行。这时候，激流河一点儿不宽广，像一个藏在树后的姑娘。

契诃夫考察库页岛，在给朋友的信中写道：“寒冷的河流穿过西伯利亚的冻土带，在绿荫中流淌的仍然是冰水。水即使如此寒冷，苔藓、白桦和松林在河流的滋润下生长得十分茂盛。”（《安东·契诃夫书信选》）激流河水寒彻入骨，在火热的夏季中午依然如此，抱西瓜放在河水里，过一会儿比雪糕还要凉。根河是中国最冷的地方之一，一年当中只在六、七、八三个月份不供暖，其余时间都要烧暖气。根河地下是永久冻土层，河水从山里的石缝里渗出，经苔原的草丛过滤，千万细流汇成激流河。我捧起河水喝，水未入喉，指骨已被寒流炸得生疼。喝完水，肚子好像有十八亩地的清凉。我心想，肚子知道这是激流河水吗？从石缝渗出，苔原过滤的水。我再喝了几口，边拍肚子边说“激流河”，让胃肠加深记忆。一个人的肚子，如果有幸喝过清洁的河流的水，是福气，就不会闹肚子了。我的胃肠吸收过额尔古纳河、西拉沐沦河、老哈河、贡嘎雪山下的雪水河、喀纳斯的禾木河、布尔津河的水流，还有西伯利亚的安吉拉河，贝加尔湖的水，它们环绕和浸润过蒙古高原和蒙古族人的足迹。水在三分钟内经小肠排空进入血液，我抬手看了看手背的静脉血管，激流河水正在血管里行走，它是呼伦贝尔山河的一部分。血管里的一滴水带着比芯片更丰富的记忆，与身体里的基因重合。

根河地处大兴安岭林区，森林覆盖率达百分之八十以上。根河的空气都被绿叶过滤了无数遍，耳边总有鸟儿啁啾。在树林里，闻鸟啼见不到鸟儿的踪影。它们藏身树叶里。草原上没有树，耳边也有鸟啼，但见不到它们的踪影，它们藏在哪一片低矮的草丛里？

激流河的两岸没有一寸荒芜的土地，这里还没有进驻开发商，大自然保留着原初的样子，鸟儿为这个歌唱不已。我仔细查看河水流过的两岸，有柳树，有野芍药。河流领着树和花奔跑，云朵在天空追赶。这就像一个人领着兄弟姐妹奔跑，身边都是亲人而不是开矿和开造纸厂的这些人。

捉迷藏的小河

走着，忽然看到一条小河。它什么时候藏在这里了？河水不是狗和小牛犊，我想象不出它还会躲藏。找，看河从哪儿来。

河水拽着草的裙子。它随身带的物品，是黄与黑的卵石，还有虾。虾像水里的跳蚤，一蹦才察觉它的存在。野花来河边梳头，卷发的百合红得没办法，黄瓣的小碎花几乎没有颜色。

我顺小河走，水面映衬一汪天光，如胡适的白话诗：“蔚蓝的天上，这里那里浮着两三片白云”。白云原本少，又被河边的草丛遮住身影。走着走着，河水没了，密草屏立如墙，仿佛说：前面没河。看，确乎没有。如此说，这是一处雨水留存的微湖。我心有未甘，蹲下看河水中的绿草，水流分明从它们腰间经过；看水底的石子，也有日影浮动。小河在流淌，虽然无声，工作时，它采用静音环保的发动机。我走回河的另一端，它又无踪。两端长十多米，河水像凸出地面的一段树根，其余潜在地下。

“出来吧，我已经看见你了。”小时候，我们藏猫猫玩儿常这么喊，诈唬藏在暗处的伙伴，但谁也没出来。小河也没出来，它像一节项链，挂在这片草地的颈子上，露出亮晶晶的钻石。

河在河的远方

对河来说，自来水只是一些稚嫩的婴儿。不，不能这么说，自来水是怯生生的，是带着消毒气味的城里人。它们从没见过河。河是什么？用“什么”来问河，什么也得不到。河是对世间美景毫无留恋的智者，什么都不会让河流停下脚步，哪管是一分钟。河最像时间。这么说，时间穿着水的衣衫从大地走过。这件衣衫里面包裹着鱼、草和泥的秘密，衣领上插着帆，流向了时间。

河流览历深广。它分出一些子孙缔造粮食，看马领着孩子俯身饮水。落日在傍晚把河流烧成通红的铁条。河流走到哪里，空中都有水鸟追随。水鸟以为，河一直走到一个最好的地方。

天下哪有什么好地方，河流到达陌生的远方。你从河水流淌的方向往前看，会觉得那里不值得去，荒蛮、有沙砾，可能寸草不生。河一路走过，甚至没时间解释为什么来到这里。茂林修竹的清幽之地，乱石如斗的僻远之乡，都是河的远方。凡是时间要去的地方，都是河流的地方。

河流也会疲倦，在村头歇一歇，看光屁股的顽童捉泥鳅、打水仗。河流在月夜追想往昔，像连续行军几天几夜的士兵，一边走一边睡觉。它伤感自己一路上收留了太多的儿女，鱼虾禽鸟乃至泥沙，也说不好它们走入大海之后的命运。也许到明天，到一处戈壁的故道，河水断流。那是一个无人知晓的地方，河流被埋藏。而河流从一开始就意气决绝，断流之地就是故乡。

河的辞典里只有两个字：远方。远方不一定富庶，不一定安适，不一定雄阔。它只是你要去的地方，是明日到达之处，是下一站，是下一站的远方。

常常的，我们在远方看到河流，河流看到我们之后又去远方。如果告诉别人河的去向，只好说，河在河的远方。

夜 的 河

夜的河边，像听见许多人说话，含糊低语变成咕噜咕噜的喧哗。河在夜里话多，它见到石头、水草都要说说话，伸手拍打几下。漆黑的夜里，看不清河水，月色没给涟漪镶上银边。河水哗哗走，却见不到它们的腿。

站在岸边，你不相信前面有一条河，不知道是什么在流。星星太少，在天空聚不拢光，照不见河水窜行的脊背。鸟儿拉长声鸣啼，见不到它飞。

夜只是对人类视网膜的蒙蔽，却打开了动物的视窗。人与动物的视觉感光细胞不同，所谓“漆黑”的夜，在狼看来如蓝色的清晨，在猫看来，是蜜色的黄昏，万物清晰柔和，只有人和鸟类（猫头鹰除外）的眼睛被夜遮蔽了。上天让人鸟在夜里失去视觉力，是收束了你的能力，让你歇息，让另外的种群开始生活。没想到，人类在爱迪生的带领下发明了电灯，在伏特的带领下贮藏了电，诞生了不夜城，糖尿病、失眠症和高血压症也随之诞生。人类要为他们发明的每一样东西付出成本，一般说由后代为前辈付出成本，包括医疗费和性命。

河在夜里潜行，步伐越来越快。河无须看路，路在一切地方。水流不怕石头，不怕灌木和岸上的狼。水啥都不怕，它既分散又聚拢，谁都分不开水，水剩到最后一滴也抱成团。

乌云在天边垒出黑堡，在远方阻挡河流。世上没一件东西能挡住河，河曲折但不投降，河断流但不往回流。小河投身大河最终汇入海，水库和大坝都截不住河流。河水卑下，河水清澈或混浊，河水浑身是土，却像青草一样繁盛，像民主高于城墙。夜的河漂过许多人的梦，河水用黑缎子把这些梦包起来送到远方。河水在夜里跟水草拉手，和夜鸟微笑，河在夜里看一切比白天更清楚。所谓阳光并不能照亮一切地方，它留下的阴影和它照亮的东西一样多。夜袒露所有地方，甲虫在灌木下面爬行，枯叶的背后藏着一只褐色的蝴蝶，鸟窝建在树顶。夜不想遮掩什么，夜也遮掩不了什么，夜比白天更广大。

河在一个时辰游出了乌云的地带，星光在头顶闪亮。晴朗的夜空是景泰蓝的花园，这么蓝，天空舍不得在蓝上镶嵌太多星星，只镶了百分之一，如同表盘的标记。这些蓝渐渐融化——夜色也会融化，天空在黎明泛白，是因为蓝融化于大地，主要化在海里——像蓝冰涣散，慢慢堆在河中间，包裹了许多星星。星星在夜的河里洗澡，周围的河水发送白光，后来变成了灯笼，鱼儿穿行。夜色在河里越积越多，让河水慢下来。夜的河驮着越来越淡的景泰蓝缓缓流淌，天快亮了。每到这个时候，河水都要在脖子上系一条玫瑰红的纱巾，再披一条金缎带。黎明跳进河里喧闹，天大亮，河水流得宁静如常。

黑河白水

北地，当白雪覆盖河岸的时候，黑色的河流缓缓流过。这么冷了，我不知道它为什么不结冻，袅袅升腾白雾。这的确是一条黑河，凝重而坚定地前进，虽然并不宽也不激壮。在冰雪世界，任何有动感的事物都令人感动，况且是一条河流。

这样一条黑水流淌着，在白雪的夹裹下充满苍郁，让观看的人心软了，坐下来叹息。

而所谓"白水"，也难见。德富芦花称:"日暮水白，两岸昏黑。秋虫夹河齐鸣，时有鲻鱼高跳，画出银白水纹。"水白不易见，水清与水浑则常见。对"水白"之景，我曾困惑过，后来在回忆中想起来了。的确是在"两岸昏黑"之时，天几乎黑透了，穹庐却还透散澄明的天光，无月之夜，星斗密密甫出，河岸的树林与草丛织入昏暝里，罩着虫鸣。这时，河水漂白如练，柔漾而来。在远处看，倘站在山头，眼里分明是一条曲折的白水。

雪中的黑河像一群戴镣的囚徒，水流迟滞，对天对地均含悲愤。像弦乐低音部演奏《出埃及记》。雪花穿梭而落，却降不进河里。人不禁要皱着眉思索，漫天皆白之中，这条黑河要流到什么地方去呢？这是在初冬，雪下得早。若是数九之后，此地所有的河流都封冻了。

观白水，如静听中国的古琴，曲目如《广陵散》。在星夜密树间，白水空蒙机灵，如同私奔的快乐的女人。白水上难见波纹，因为光暗的缘故。这时，倘掷石入水，波纹扩充，似乎很合适。在此夜，宜思乡，宜检旧事，宜揣测种种放浪经历。如同站在缓重的黑河前，应有报仇雪恨之想。

黑河与白水，我是在故乡赤峰见到的。他乡非无，而在我却失去了徜徉村野的际遇。人生真是短了，平生能看到几次黑河与白水呢，虽然这只是一条普通的河上的景色。

河流的腰

我路过的地方是这条河流的腰。水流优美地向河心拐过去，剩下一大片开阔地，是腰闪出的地方。

河比天空和大地更有人间的气味。

河流束腰的地方，岸更高，长在上面的高粱仿佛举着石榴的籽，高粱的叶子在风中暗斗，唰唰响，谁也不服谁。

河有一百种表情，皱眉是急流，沉思则缓涌。最静的时候，河面落一根羽毛都会起纹，像镜子一样亮，但比镜子柔软。这时的河如早上刚刚醒来的儿童。儿童看世界，无分别心，世上没有他们不接纳的事物。儿童眼里的事物没有好坏，只有已知与未知。儿童进入世界唯一的路叫作好奇，像这条河，不停地流，只为探索，去没去过的地方，去感知。

河一辈子都在水里。河生于雨，生于泉，生于玻璃窗上的哈气，生于草叶的露珠，生于牛马的尿，晚年流入海里。

河流归海，是惯常的说法。但如果河水分成滴，有多少滴流不进海？进海的水滴是少数，就像得道的人是少数。大部分水被骄阳蒸发了，被泥土绊住了后腿。好在水滴不死，结为冰雪也没冻死。水好就好在死不了，它们比谁都擅长转世，蒸发、下降、流动，循环在天空和大地的血管里。谁能想到，水永生，它们淹死别人，却淹不死自己。谁也别想把水烧死，水反过来浇灭火。这是老子赞美过的水，淹不死冻不死的水。虽然从医学说，人体百分之七十是水，但人仍然不是水。人身除水分之外百分之三十的肉决定了人的弱处，既烧得坏（脂肪可燃）又淹得死（肺不适应），还怕冻。

水有许多名字，河、海、江、洋，多了，翻字典带三点水旁的字众多，都跟水有关，证明水的势力大。

水在河里的时候，名字叫河。天下的河太多了，名字也多，好名破名都有。我听过裤裆河、狗咬河、狼不来河的河名，这些名差不多在骂河。河也有好名，桑干河与汾河，听上去都好听。人认为，河的名字永远代表这条河，然而“这条河”早没了，一眨眼就流出十米。桑干河怎么会永远是桑干河呢？人所说的桑干河早流走了，汾河、淮河、剪子河、灯笼河也早流走了。但是，原来的河水流没了再起新名也不方便。叫什么好呢？谁来起名，谁传播这个名呢？最可叹，河刚起新名，水又流跑了。我觉得，天下河流不必起这么多的名，起一个不妨全国通用，叫“流河”或“淌河”，或“水的河”，朴实准确。

河的腰是这样的细，让减肥的女子羡慕。河的颈子、河的脸庞、河的胸都在河里。小鸟们知道河的容颜四肢在哪里，从天空上看到的。河水日流夜流，而我坐火车飞机看到许多处于盛水期的河套，种满了庄稼，早没水了。河的腰没了，变成蠢汉的肚子。

沙漠里的流水

勃隆克沙漠如山丘一般有峰有谷、有沙坡和悬崖，全是沙。站在沙的悬崖上，人可以往下跳，甚至头朝下鱼跃冲下，身体毫发无伤。沙子比人的身体还软，用它的软接住你，缓冲力量，人跳了悬崖之后还是人。人摔在比身体坚硬的物体上，身体迸而物体不迸，人落沙子上是沙迸，人还是完人。仔细看，沙粒实为坚硬的半透明的晶石，不规则的晶石之间的空气与间隙，缓解了力。

行走在沙漠的峰峦，像走在鲤鱼的脊背上。沙漠顶峰有一道曲折鲜明的分界线，如同阴阳面。风把沙曲折地堆在顶端，沙子显出金黄的着光面和阴影。站在沙峰上看，左右峰峦线条柔和，没有树，一只鸟飞过，在沙漠下拖下鸡蛋大的阴影。在沙漠待着，耳朵有点儿闷，如飞机落地前那种闷，耳朵不适应太静。在有泉鸟的山里，人感寂静，耳底实有泉流和鸟鸣的低回，只是人注意不到。沙漠真是空寂，什么声音都没有，耳朵反而嗡嗡响。静，原本以喧闹为根基。不喧闹耳朵自己闹，它变成自鸣钟。

沙峰的谷底有一条溪流，边上一溜金红色的柳条，流水在柳条的生长路线断断续续露出身影。

沙漠里有流水？这好像是大自然撒的一个谎。走到水边，用手捧起水，清亮，凉，才知道水的真实。沙漠里怎么会存水呢？所有的水不都会在沙漠上迅速漏下去吗，这里怎么会有流水呢？河床用坚硬的淤泥和石头兜住了流水，沙子能吗？我用手掏溪流的底部，仍然是沙子，但坚硬。我觉得不能再掏了，再掏就漏了。

水在沙漠上比金子还贵重。柳条用枝条隐蔽水的身影，如果不遮挡，会有人上这儿偷水吗？这些水以微微颤动代替流淌，一尺多宽，有的地方只剩两指宽。水的底部铺着大沙粒，还有躺直的草。

我顺着河走，踩塌的沙子堵住一些水流，如破坏者。再走，这道水钻进地下没了。怎么会没了呢？我以掌做挖掘机，掏出一堆湿润的沙子，却不见水流。或者说，水流着，一头栽进了地心。它到地心去干什么？好像不符合流水的常态。水惯于地表流淌，并不会突然失踪。

在谷底走，约走五十米，水抬头冒出地面。地面又长出零零星星的柳条。宋代有歌谣：凡有井水处皆咏柳词，柳乃柳永柳三变。此话在这里可改为：凡有柳条处皆涌流水，水乃沙漠流水地下水。

我觉得它们不是一般的水。对，它们肯定不是平凡的水。庸常之水在这里早漏下去了，怎么可能往前流呢？我捧水尝尝，还是水味，没尝出河味；再尝，有一点儿柳树的苦味。喝过此水，必也延年矣。可是，刚才断流入地的水，为何会挑头冒上来呢？似乎不合重力定律的约束。对大自然，人不明白的事太多了。

我跟着流水走，又见到惊喜。在一巴掌宽的溪流中，游着两条小鱼，火柴那么长。小鱼像沙子那样黄，半透明，露着骨骼，但没刺。鱼甩一下尾巴动一下，眼睛是两个黑点。除了飞过的那只鸟，小鱼是沙漠里唯一的生物。当然我也是生物，眼睛比鱼眼大，不会飞。我把小鱼团到手心，像个坏人那样想：它长到餐桌上的红烧鱼那么大要多长时间？把鱼放回水里，另一条急忙趋近它，像询问它受伤没有。

沙漠有水流过，像大自然的谎言。大自然偶现诡异，但不撒谎。它让沙漠里有水，有鱼和柳树，这是一个生态系统。再往前走，我见到了壁虎似的蜥蜴。再往前，水面宽了，游着不一样的鱼，水边出现几朵野花，有一只野蜂飞过，一条蜥蜴跳进水里……

PART 4 五谷·烟火篇

麦子，

像海浪一样翻滚的麦浪凝固在面包里，

被凝固的还有早晨的露水和夜晚的月光。

▼

馒 头 酒

搬家之后，我准备吃遍周围的小馆子，非馋，而在摸情况，用领导的话说叫“心中有数”，减少吃的盲目性。

昨天吃到后楼从东数第三家。该馆子连名号都没有。

问:“咋不起个名？”

馆主曰:“嗨，小破饭店，我都懒得开了，起什么名。”沈阳人把吃的场所不论贵贱大小全叫饭店。

“那也得有个名啊。”

“没名你不也进来了吗？”

这是我和老板间的对话。他说话好像抬杠，否，俺们这旮说话就这样，直而亲切。

桌对面来了个老头，从棉袄里边掏出一塑料袋馒头，有七八个，塑料袋内部挂着哈气水珠。老头要了一玻璃杯白酒，在接碟里倒点儿盐面，蘸馒头吃，小口抿酒。新颖！我想起俄国人用西红柿蘸盐面的事，像幽默表演，但人家很严肃。这个老头眯眼遥视远处，皱纹深得看不见底。这张脸如果打开，皮比别人得多一尺。吃完一个馒头，他又换酱油，蘸馒头吃。依次换醋、胡椒粉。

一样是一样，不混淆，吃了四五个馒头，即武大郎说的炊饼，眼睛还看远处。桌上这几样佐料用完了，老头把馒头掰开，蘸白酒吃。我也算饮者，红黄白酒，饮过无数，但这回开了眼界。

酒虽好喝，但过嗓子眼那一瞬还是难受。老头把酒吸进馒头在嘴里嚼，这个厉害。我也情不自禁跟着嚼起来，后自我觉察，停止。过一会儿，老头脸红上来，皱纹也开了不少。对我说："在吉林，人把蛇叫绣球。"

我怎么没听说把蛇叫绣球的，但没敢问。这老汉样子太豪迈了。

隔几分钟，他又吃了两个馒头，说："蛇咬了拇指，昼夜不停赶到沈阳，正好不到二十四小时。"

我没什么蛇知识，跟老头对不上话，问："给你要一碗羊杂汤？"

老头上下看我："下水？那是人吃的吗？"

我正吃这玩意儿，顿觉自卑。左右看别人，还有好几个吃羊杂的，和我一个档次。

老头的馒头与酒俱罄，起身走了。外面正下雪，而我认为遇到了一位老英雄。

荞麦面

科尔沁人幽默诙谐，创造了很多辛辣喜乐的民歌——《万丽花》《高小姐》《维胡隋玲》。他们身材结实，宽大。在通辽的火车站和汽车站等车的蒙古族人，仿佛是一家人，至少有血缘关系。他们有相貌气质上的近似性，看得出却说不出。科尔沁的男人适合被画成肖像画。他们的表情在缄默中包含变化的丰富感。男人的鼻梁直，嘴的线条鲜明，有黄眼睛和灰眼睛的人，他们爱吃荞麦面。

科尔沁人不对他人奴颜婢膝。给他们天大的好处，他们也不愿意谄媚对方。追求自由的人讨厌谄媚。谄媚里面有一半是欺骗，另一半是失去了自由。科尔沁人爱吃荞麦面。

科尔沁人走在白茫茫的沙坨子上，晒热的沙子可以治疗风湿病。沙坨子凹处的泉水甘甜怡口，那是小鸟和牛羊的水源地。张作霖的兵士抢占了好草场和好耕地，把科尔沁人赶进沙漠里。所有在沙漠里长大的人全都骁勇善战。他们喝了沙漠里的水，吃了沙漠上生长的庄稼，变得倔强。僧格林沁和嘎达梅林都是科尔沁人，他们永不屈服。科尔沁人身上的血比别人流得快，容易冲动，科尔沁人爱吃荞麦面。

荞麦面做的猫耳朵汤何等美味。我写下“猫耳朵汤”这四个字时耳边已经传来轰隆隆的声响，似奔雷，如泄洪，那是科尔沁人手端大碗吃猫耳朵汤发出的音效。大碗放在嘴边，右手用筷子往嘴里划拉面汤，像用石块堵住河岸决堤的缺口，轰隆隆，一碗下肚，第二碗接着轰隆作响。他们咀嚼吗？肚子比嘴更需要猫耳朵汤，口腔不应该挥霍太多的时光。一般说来，人吃美味都采用吞法，细嚼就没什么味道了。你看猫吃鱼，鹰吃兔子，鱼吃虾都不嚼，科尔沁人吃荞麦面猫耳朵汤也可能不嚼。反正我不嚼，猫耳朵汤进我嘴里如武生在戏台上翻跟头，三两下顺光滑的食道进入胃囊，它们回家了。

我祖籍在科尔沁的科左后旗，出生地和生活地点在内蒙古和辽宁的城市。随年龄增长，越来越多地显示科尔沁人的个性。海水退潮之后，沙滩上的贝壳才历历在目。科尔沁人的性格好与不好，让别人去说吧。我们只说荞麦面。我越发爱吃荞麦面，如同越发爱喝红茶。我觉得自己像那位到法国小镇参加马拉松比赛的日本选手，他跑啊跑，跑到一个地方停住了脚。他觉得这个地方十分适意，就不走了。这是四十多年前的事情，人们现在也不知道那位日本选手身在何处，只知他跑到一片树林停住脚，走进去再也没出来，忘记了比赛以及一切。有人说他是怪人，我觉得说他是怪人的人才是怪怪的人。他跑了一辈子就是为了找到那片树林。即使这片树林不在法国也要钻进去不出来。对我来说，这片美好的树林就是荞麦面和红茶，组合成科尔沁的血肉。

荞麦面你好吗？我看到灰色的（也有发红发黑的）荞麦面，觉得幸福就在身边。平时吃饭，有什么吃什么，果腹可也。但每次看到大碗里的荞麦面汤，心里不禁浮起许多赞颂词，福气太大，洪福齐天。遇到贤达之士，他们谈到世界局势，谈股市、高铁、小说、书法之时，我每每想把话题转到荞麦面上。我跟他们谈猫耳朵汤和拉拉汤。猫耳朵汤前面已谈过，现在说一说拉拉汤。此汤与北京人士说的疙瘩汤是一回事，食材是荞麦面。疙瘩汤由于有了荞麦面而熠熠生辉。科尔沁人称疙瘩汤为拉拉汤。水沸，把和好的稀面转圈儿下进锅，便有了一片盛世风光。汤里可以随便放什么菜，科尔沁人喜欢放一些肥羊尾、奶油。我只放菜，西红柿、生菜、黄瓜片都不错，卧俩荷包蛋也行。盛进碗里，轰隆隆的响声震耳欲聋（指自己的耳朵）。天神给世界造了那么多东西，不独山峦海洋，还有香蕉榴梿这些奇怪的美味。天神没忘记造出荞麦，这是多大的恩惠啊。天神造荞麦的同时造出了红茶、玉米面、“杰日玛”（炒面），太够意思了。天神啊天神，你谁都没有忘记，心里始终装着人民。

月夜，荞麦地里的白花为大地绣了一件纱衣，月光照过来抢这份功劳。白昼里，蜜蜂飞到荞麦花上采蜜，如同给白花钉上一枚枚金黄的纽扣。我站在荞麦地边上会想起猫耳朵汤和拉拉汤，这里是它们的祖籍。荞麦施展了怎样的魔法才结出了荞麦？这个秘密没人告诉咱们，荞麦花不说月亮不说，锅也不说。科尔沁人不管吃多少羊肉，垫底的还是荞麦面拉拉汤。他们唱着情歌，喝着烫嘴的红茶，抽着旱烟。他们血液里的肝糖原来自玉米面和荞麦面。

面包的天堂

麦子，像海涛一样翻滚的麦浪凝固在面包里，被凝固的还有早晨的露水和夜晚的月光。所有面包都像哈哈大笑的胖子，如果面包不胖，谁都别想胖了。仅仅在三十年前，胖仍然是一个好词，胖子可以对向他谄媚的瘦子微笑并用鼻子出气。由此上溯三千年，历史上的胖子超不过三千个，胖比娶小老婆更让人羡慕，那时没有全球化。

面包的笑容，如同农民坐地上盘腿喝酒的表情。对麦子来说，成了面包就上了天堂。天堂并不远，需要炉子而不是梯子，谁进了天堂谁香。人的天堂有可能遥不可及。告诉一个人：你的天堂在你的善心里，在有鸟的树林和有蜜蜂折腾的花蕊里。他不信，说你是个骗子。事实上，如果在雪地迎面撞见一轮红日、月夜听到小鸟的梦呓，都算天堂的一个小片断，但人们不信。

麦子相信天堂不远。它们成为面条算是参加工作，当面片是当自由职业者，变成馅饼皮和包子皮是在黑白两道上混，当面包就进了天堂。

每个面包里都有一个天堂，类似教堂更类似于蜂巢，香味灌满楼上楼下所有的房间，圆形屋子里有面粉砌的光滑的墙壁。如果小虫钻进面包，一天啃三遍墙就饱了。

面包的香气从麦子、从炉火里来，但这只是表象。往深里说，面包的香气包含着大地的沉静，弥漫阳光所赐予的格调。这么说好像牵强点儿，其实不牵强。说阳光有气味、有味道，不如说它有格调。晒过的被子有香气，细究它不是香气，是味，它是用嗅觉来品鉴的格调，来自太阳和棉花之间，主体是阳光。面包里也有阳光的格调，源于太阳对麦子的赞许。麦子护生，天地之大德谓之生。人类对香的理解很窄，对香的表述几乎是文盲。香奈尔说她首创的 5 号香水灵感来自北欧的白夜，这种说法乃是顾左右而言他。一个人说不出东西的本质，就把它支得更远。北欧、卡萨布兰卡、丽江，均适合描述狂乱的想象。说香奈尔 5 号具有泰山的味道就不浪漫，不浪漫就没人买。泰山属于松柏加褐色大酱的香型。

面包的香味来自大地和光，来自炉火。而火的前身或者是树和煤。燃烧的煤里有光，而煤不过是树的化石。煤在地下藏了亿万斯年仍然储存着阳光，否则它起不了火。玉就不燃烧，玉乃石髓，不挨着太阳。

这就说清了面包为什么笑和大笑，为什么胖。面包看见了钻进麦子里的光和来自炉火的光，这些同学在自己身体里相遇，面包哈哈大笑。阳光遇见了阳光，真巧了。但天堂里没有巧合，巧合只发生于电视剧。天堂不遵从戏剧三一律而恪守因果律。因果的意思是因即果、果即因，循环回转、生生不息。我们在这个叫作面包的天堂里看到了阳光、雨水、土壤、夜色和火的笑容，神让它们互相转换，变成粮食，变成人的身体。实话说，每一粒粮食都是天堂。

在德国熬小米粥

起先我不爱吃小米，怪其不圆滑香糯，柴。我媳妇爱小米粥无数年，诱我食之。我食而上套，觉出其好。小米粥之好如良善人与你肚肠对话，说的都是贴心话。这种粮食极尽朴素而后香，大香无味。而颜色温润，是有来历不张扬的君子思路。

赴德前怕行李重，踟蹰再三，带一小袋小米。我经过北京的、法兰克福的、斯图加特的奔波，脑子被各种信息搅得彻底乱套。入住房间，觉得先要做一件事。想了半天，是撒尿，一撒了之。又想，小米粥？对头。房间里厨具齐全，用亮晶晶的德国钢锅熬小米粥。拿米袋，一看乐了，上印："龙凤之乡翁牛特"，这是我老家的小米。

为什么乐呢？看到"翁牛特"，脑子里出现老家的口音，跟德语一点儿不一样，小米跟这几天吃过的面包汽斯（奶酪）也不一样。窗外的德国森林跟建筑与小米更不配套。熬出小米的香味，混入收音机播放的交响乐中，更可乐。我对"咕咕"冒泡的小米说，你们可能是翁牛特第一批赴德粮食，为两国传统深厚友谊做出卓越贡献，贡献若何，少顷由我肚肠验收。

喝小米粥，想起杨远新。他是我好友，我俩友好二十多年。去年杨赴翁牛特担任旗委书记。我对他说，你升官，我发财，我要搜刮点儿好东西。远新说：我们不发达地区没啥好东西，最贵重的玉龙在国家博物馆呢，牛羊和树没法送你，只有杂粮。我说来点儿小米、荞面吧！收到啦，翁牛特的小米粒更小。别的小米煮粥，单位体积五千粒，它可达一万粒。米多，营养就多，这是我发明的说法。它的米色黄中微绿，玉色。味香，香得不嚣张，贴近心地。在这儿喝过，我觉得灵魂（姑且这么说）某处某螺丝和这里的扣“啪哒”合上了。

后几天，我让翁牛特小米与德国同行们开展联谊活动，增进互信和相互了解。小米和德国之 Bulgur 同煮，和 Seitenbacher 煮，我也不知这是啥米，产生新味，像洋泾浜德语。乱整吧，你们进肚子之后打擂吧，如“德中同行”项目的主题——灵感与创新。为了省时，我在小米粥里卧德国“行走中的鸡的蛋”，卧香肠片，还卧什么呢？收音机不能卧，还卧过德国胡萝卜、卷心菜。我不讲什么口味，跑步消耗大，一句德语听不懂消耗也大，营养够就行了。食物到了肚子，只是多糖纤维素蛋白质，搞吧，只是有点儿糟践小米的美味。隔三天，我还要吃一锅纯小米粥，否则灵魂那个螺丝和扣不“啪哒”。

有一回，把空锅放在刚关的电磁炉上，锅底遇热变色。损坏德国公物如何是好？各种擦法均不奏效，后用黑妹牙膏擦之，明亮如新。这么新的锅底让我高兴得忘了刷洗，煮小米粥，出薄荷味，我以为是幻嗅。一吃，确是牙膏之味。怎么办？粥舍不得丢掉，吃了。有人说“上帝关上一扇门，一定打开另一扇窗”。那么，上帝让我吃有牙膏味的翁牛特小米粥的好处是什么呢？想了半天才知道，另一扇窗是不用刷牙了。

干嚼炒米

现在时兴不吃晚饭，我也逢迎这个时髦，以期降低血脂。但我晚上会饿，学名叫饥饿。有一句成语叫啼饥号寒，说得没有错。饥可以把人逼到哭啼的境地。血液里的血糖下降到一定程度，会让人哭。我不吃晚餐虽未哭，但腹鸣如雷，这算在肠子在肚子里哭，越想睡觉，肚子里的锣鼓队敲打得越厉害。咕——噜噜噜噜，鼓声在腹腔内横着窜完竖着窜。勉强入睡之后，梦又来捣乱，梦中下馆子，下饺子馆，下海鲜馆，饭到嘴边每每吃不进嘴里，比如脚下绊倒，又比如天上有炸弹掉下来。

后来我在睡前吃一点儿炒米，腹之啼饥与梦中窜馆子的事情都偃旗息鼓。我还是不准备在晚上吃正餐，炒米正好满足这一需求。

炒米是把糜子米炒熟之后干吃的食物，一把把用手抓着往嘴里放，没有汤汤水水，干嚼。我把黄澄澄的炒米放在茶末釉（青中带黄那种颜色）的瓷碗里，手抓一把放进去，一捻捻送嘴里解饿。

解饿归解饿，干嚼炒米耗费时光，要边嚼边读报或读基本上看不懂的物理学书籍。所谓炒米是用铁锅焙米，把生糜子米放锅里，锅底加干牛粪饼加热。牛粪饼火好得很，如木炭一样猛烈。这是指牧区，在城里用液化气炒糜子米其味道营养与牛粪饼与羊粪蛋子作燃料无差别。糜子米的水分焙干泛出微微的焦黄色，熟也。营养学将这一种加热称为“糊化”，食之更容易转化为葡萄糖。但炒米很硬。硬不硬，你站在干嚼炒米者的身边就听到，唰——唰——如嚼沙子，或者嚼玻璃。干嚼炒米者不仅牙齿好（这是在表扬我自己）咬肌也好（这也是表扬我自己）。在动物界，咬肌发达的是食肉性猛兽，如虎豹豺狼，虎可叼一只体重两百公斤的公野猪蹿过四米宽的山涧，其咬肌非同寻常，咬住人腿咔嚓一下可把腿咬成两截。我干嚼炒米嚼了半年之后，牙齿咬肌虽然比不上老虎，但我自己评估跟狼差不多。一次在单位食堂吃饭，我比较饿了，一口将一块排骨生生咬断，桌对面的人惊呆得说不出话来，端盘子上别的桌吃去了，他说他不配和有我这样牙齿的人同桌吃饭。

牧区的人并不干嚼炒米，他们也不看报纸和物理学课本。蒙古族人吃炒米一用牛奶浸泡，二用奶茶或红茶浸泡，放进红白糖、奶豆腐、一点点黄油与炼乳，泡到略软不硬食用。干力气活的成年人吃三把或四把米，女人吃两把米，小孩儿一把可也。“把”就是用自己的手抓米，有准儿。

炒米进胃里膨胀，因此解饿。我以为，炒米应该是军粮，跟新疆的馕差不多。它干燥、保存期长，可以与任何液体相搅拌。炒米作为碳水化合物的来源，与蒙古族人食用的肉类、砖茶、奶食品构成这个民族的食物基础。我猜想，在蒙古大军征服欧洲的漫长道路上，行囊中的粮食应该有炒米。军士们在行军中抵御饥饿时，也会干嚼炒米，在战马上或雪地里，或夜里的一切地方。

我祖籍是科尔沁沙原，那里的人习惯在沙地种植糜子。沙漠里不生长什么东西，但长糜子。我老家的沙子和近年土地沙化形成的沙子不一样，它是洁白的大粒沙子，如同砂糖那样，这里生长的糜子炒成炒米最好吃，香甜嘣脆。赤峰的炒米个小色黄，硬而不脆，也不怎么香。我老家胡四台的炒米个大色白，如美人一般。这么好的炒米是大自然的恩典。如同这里的沙漠是大自然的恩典。沙漠里有沙漠才有的湖水和野鸭，生长沙里的植物。这里的民歌常常提到“沙坨子”，而它最杰出的物产之一就是炒米。

我第一次回到老家——哲里木盟（通辽市原名）科左后旗的胡四台村，我大伯家待客的榆木小黑桌上放着一碟子红糖、一碟子奶豆腐、一碟子黄油和一大碗炒米。我当时看不懂炒米在这里搞什么，以为它是生米，怎么会混进点心里呢？尔后捻一把放嘴里“嘎嘣”一嚼，从此爱上了它。如果有一天我当上了国宴的行政总厨，我会在国宴的茶肴里加一碟子炒米，请各国来访的总统们干嚼或加奶食用，主客边“嘎嘣”边谈有助于世界与地区和平的话题。我企图加进国宴茶肴里的美味还有小段的酸菜心，风干盐渍芥菜疙瘩、风干牛肉、荞麦面条和小米粥。

一位美国医生说：“你就是你吃下的食物。”是的，食物不光关乎热量，还关乎心灵与历史。我干嚼炒米的时候，内心的图景自动切换到科尔沁草原，那里有牛粪与红茶的气味，有白沙坨子和轻佻诙谐的哲里木情歌。那里的人红脸膛、宽肩膀，谦卑而激烈。我的亲戚中有黄眼睛、灰眼睛，甚至绿眼睛的人，但我们同属一个家族，是被炒米养大的人们。

玉米之名

袍带缱绻，是玉米中的情人。玉米绿袖长广，期待不识字的农夫俯身写下一些字和念想。隶书、草书、楷书，有关河流、晨昏、露水和山坡的日志。

到了七月，在北方看到了什么？遍地玉米。其实看不清哪一株玉米是什么样子，满目茎叶汪洋。玉米的海由它们的叶子或者说袖子纷拂而成，拥挤澎湃。有一点儿风，高粱叶子出语“沙沙”，月夜听似“杀杀”。而玉米在风里回身转袖，呼喊深远，像要从夏天传到秋天。风再大，玉米哗然似水泄，不知堤坝开了多大的洞穴。倘若塞尚来到塞上一观，北中国的阳光在玉米身上洒下的是葱绿、墨绿、灰绿和带那么一点儿紫痕的绿，飘摇不定，晃眼。

玉米海的单位是垅。深秋，站在垅背上的老玉米的根像鸡爪紧攥着土地。人光膀子穿越玉米地，叶子割破肌肤，是被汗水盐分涂抹过的锐痛。

“玉”和“米”，均属汉字里最好的字，合帝王之尊与社稷之本。何米为玉，何谷为金？何石为燧，何玉为璧？命名的时候，先民把手按在这件事物上，加入多少遐想。在粮食里，玉米的地位粗伧，和高粱相当。在老百姓嘴里，它叫棒子、苞米、苞谷，“玉”不知跑到哪里去了。它的化学属性是淀粉。一位药厂的朋友告诉我，在 × 吨玉米淀粉中加入 × 公斤 × 素，搅和匀了（不匀也无碍）就是人们吃的 × 片。人们拧开药瓶盖，取出 × 片丢入嘴里，含水仰脖下咽，我想，他吃了一粒玉米。

玉米一如男人风格的女人。东北老娘们儿中这种类型的不少。虽然姿色招摇，还是很土。玉米生育能力强，抗旱能力强，不曾梦想化为一朵茉莉花。玉米喜群居、喜议论、喜赶集、喜扎堆、喜龇牙、喜锋锐、喜在成熟的种子头顶挂两撇流苏。东北老娘们儿走路蹬蹬的，屁股拽拽的，骂人的时候表情入戏，妩媚倒让人有一点儿不安。玉米包含着东北女性特质：广阔、连绵、斗争、村、乐观以及易逝的姿容。

玉米叶子向阳的一面光滑，再宽一点儿就像烟叶了，背后有小绒毛，长在起伏不平的叶面上。无论夏秋，太阳未出之际，露水顺叶子滚入玉米的腋窝，东北话叫“胳肢窝”（满语）。而玉米在初夏长出半尺高时，看着也不幼稚，像小小子早晨出操。它们占的地太多了。东北如此之大，也被玉米占满。像农村丫蛋儿土生土长，都有一个好名。二丫叫李桂兰，三胖叫刘淑芝。桂、兰、芝，何其清芬。东北的苞谷也有一个好名：玉米，何其优雅！

玉米抽穗的时候，肋下掖着像竹笋又像包在被子里的婴儿一样的小玉米，头上吐一穗娇嫩的簪缨，顽童摘下夹在鼻唇间充胡子。玉米在跟旱象和雨水的吵闹中拔节，周身斜插着一个个做了流苏记号的玉米棒。棒上有牙齿一般晶莹的颗粒，等着灌浆，等着秋天，等着农民在场院用两根干透了的玉米棒双手搓绞，玉米粒哗哗流淌。

酥 饺

我来武汉参加一个活动，住在江湾的酒店，凭窗就见长江。江水没有白浪碧波，实如宽而长乃至无尽的水泥大道。仔细看，才看出轮船缓缓移动。

电梯里遇到一位外国小伙子，他羞涩地、欣赏地盯着我 T 恤上的字。笑，又看，接着竖大拇指，说出一句令我惊讶的话——牛 ×！

T 恤上的字是：RUN TO SAVE ENERGY，意为："跑步节省能量"。上半年，这件 T 恤伴我在德国出尽风头。我爱好跑步，跑步怎么会节省能量呢？言外之意是身体力行节约能源。这对金融危机下的欧洲人来说，简直是济世箴言，德国人甚至跟我合影，以为我是上帝派来的使者。我不懂英文，这十五个字母有这么大的威力，始料未及。

电梯相遇的小伙子也是德国人，名蒂森，是"河面蜻蜓"摇滚乐队的键盘手。他来中国才两天，却会说十几句重要的中国话，包括牛 ×。我和他坐在长江边的展亭里聊天。聊天不如说哼曲——他和我各自哼唱自己喜欢的旋律，斯美塔那的《我的祖国》、鲍罗丁《在中亚细亚草原上》，还有邓丽君。他没听过，唱我更没听过的德国歌，有一首我熟悉，是舒伯特作曲、莎士比亚词的《听，你听这云雀》。我们聊得很高兴。

回酒店，床上摊着会议发的茶缸、T 恤和帽子，制作得很考究，鲜艳。这些东西我用不上，把打扫房间的服务员找来，送给了她。

女服务员四十岁左右，对这几件小礼物很惊喜。她扭捏地拿来一张纸、一支笔，说："我们不可以从酒店里拿出任何东西，请你帮我写个证明吧。"

她叫张爱梅。我说是恋爱的爱吧？她脸红了，说热爱的爱。我写了一个证明给她，张爱梅鞠躬致谢。

第二天一早，我在酒店大门外遇到一个女人对我笑，她可能认错人了。她穿一件白碎花纱衣，蓝裙子，是的，我不认识她。她也许是会议工作人员，我也笑笑。这个人突然递我一个塑料袋，说你尝尝。

见我不解，她说："很好吃的，酥饺，我手工做的，几十年见不到的。"

我凭什么吃人家几十年见不到的手工酥饺？我问："你是……"

她笑了："张爱梅。"

我说恋爱的爱，她脸又红了，说热爱的爱。

她说："我女儿非常喜欢那件 T 恤和帽子。尝尝酥饺吧，我昨天专门做的，今天休班，特意送来，不能进大厅。"

"女儿多大？"

“十七，上高中。”

“你等了好长时间？”

她点点头：“一个小时吧。”

我隆重地把酥饺捧进房间，打开。油炸的，金黄，裹一层白粉。白粉是用糯米和白糖一块儿磨碎蒸好的，张爱梅昨晚去乡下亲戚家取来的。这种武汉小吃几十年见不到了。

我尝了一个，其余送给蒂森。过了半小时，蒂森满面红光地到我房间，并排竖两个大拇指，说：“太牛 × 了！好吃要你的命！”

我笑了，没解释这事的来龙去脉，用旋律也唱不出来，除非是柴可夫斯基。蒂森从怀里掏出一样东西给我，说：“明天回国，这个送你。”

这是一样电子产品，是互译发声十国语言之机器。我打算把它送给张爱梅的女儿。

问服务台她哪天上班，回答张爱梅请假半月，侍候重病母亲。

离开武汉的时候，把这个互译通装进行李，不免怅然。我舍了 T 恤得了酥饺，舍了酥饺得了互译通。回去后，要把互译通寄给张爱梅，是她应得的。

小米真小

早晨坐在北窗前，翻书、喝茶、看高远的秋空。忽然发现灰漆的窗台上散落一些小米，这必是被窗外的珍珠鸟踢腾出来的。

小米真小，我仔细看了半天也看不清它们的模样。在窗台上，三五十粒小米才占一点地方。拈些小米放在手心里观察，真是很可爱，像小鸡崽绒毛那种黄色，掌一动，它们几乎无重量地跑动着。

小米的样子有点像中国的玉，温润和瑞，半透明，没有火气。我素来不爱吃小米饭，因为小时候吃得太多了。跟大米相比，我认为结论是不容置疑的，小米不好吃。

北方干旱地带的农民只有小米吃。像我这样侥幸生在城里（虽然是小城）的人，吃过大米白面，才排斥小米。小米在农民口中，只有饱与不饱之分，没有味道好与不好之别。

现在想，小米饭除了在嘴里不太滑溜，吾乡人称之为“柴”，也没什么不好的味道。其味也如玉的性质，得乎中庸。一种朴素气实际也是大家气，能养活亿万斯民的味道，不可能是卓尔不群的海参鲍鱼之味，大约就是像小米这样没什么味道的味道。

从古文化遗址看，小米还是农耕文明中最早的产物，有“祖宗”一辈的地位。恕我唐突一句，小米历经商砵周鼎之后还是这么小？在吃物纷繁吃法百般的今天，也还这么小？它真是历经沧海桑田了。这种悠远，使它定型于永久，不想改变也顺应万变了。

古人将小米称为“粟”，好听，典雅威重，登堂入室不妨。“粱”在汉以前也指小米品种之一。现在植物学家和山地农民都称其为“谷子”，也好听。一种东西，以同一称谓流行官民之口，通行南北之间，是难事。除非它是极有来历之物，如谷子。玉米这玩意儿，东北叫苞米，贵州叫苞谷，翻译小说中矫情写为玉蜀黍。名出百端，是因为它出身浅。至于饼干、克力架乃至曲奇，出身更浅。子曰：必也正名乎。其实大象之物，无须正名，海在哪里都叫海。谷子也是这样，走到哪里一说：谷子。小米说的是脱壳的谷子，这名朴实得无法剥去华饰，也无法分割。小——米，就是它。

得道了，小米，可以致广大而尽精微。

小米的优良还在不酿酒，虽然古书上说它能酿酒。但现时无人酿纯小米酒。谷物正道是养人，旁门才酿酒。此事小米不为也。粮食里玉米个头儿最大，如兵卒，常被碾碎。其次高粱，美艳而粗粝，其豪气化杯中物。大米是城里娘们儿，阴柔绵软。麦子乃正房发妻，温良和顺。小米为王，不温不火，静观万物，以小制大，是中国的王。至于鸡鸭鱼肉、熊掌牛鞭，则是幕僚门客侠人暗娼，一顿而已矣，两三顿而已矣，转瞬荣华奄忽泔水缸内。它们哪里有小米的安详宁静。

我的梦想中曾有园圃之愿，譬如种点菜和向日葵，现在修正，加几垄谷子。秋天，碾好的小米用簸箕飞泻装入白市布口袋，我像农人一样竖掌插入米中，想一把让它顺拳眼流泻，黄澄澄如细砂的小米摩挲着掌心流下，再抓一把，让它流。嘴里学农民的口吻说，啧！多实成。心里想，小米咋就这么小呢？这时，手与眼同时享受着一种比较开阔的喜悦，与天地关联起来。若是高兴，我可能扛半袋子小米，送给城里亲戚。

腊菜缨子下酒

我饮酒遍尝百味，都不入口。

说遍尝百味，很有吹嘘自己是大员外的意思，其实没这个用意。“遍尝”是有酒就喝，随梆唱曲。“百味”在于所吃之物啥玩意儿都有，蝎子甲鱼，林林总总，并不由个人掏钱。而“不入口”，责任在我命贱。若在旧社会，我顶多出落一个土包财主——好东西吃到嘴里不知道啥味，也许是酒精把舌头味蕾的武功给废了。

近日吃一物，曰好。吾妻之友赠腊菜缨子一束，用盐渍过，淋淋漓漓深绿而近于黑。一嚼咯吱咯吱，如老鼠啃办公桌脚。

这玩意儿好吃，尤其下酒。首先它浑身一股浓郁的乡土气息，像沈阳举办的秧歌节一般。憨，是一味，有布衣荆钗的纯朴；粗，又是一味，无须精细烹饪，不妨下锅一煮。这种风格，与东北汉子和东北人惯饮的高粱烧都是一种神韵相近的契合。

腊菜缨子有一个雅得引人发笑的学名：雪里蕻。这已令人不知所云，而“蕻”是茎的意思，联在一起，便有诗经般古奥了。用它炖豆腐，一白一绿，暗自传味，相得益彰，两者可作恋人观。

而腊菜缨子下酒，亦如老夫少妻，泼辣与体贴、热肠与温口，见得出一段恩爱。

嚼腊菜缨子适合回忆农村的事——烟笸箩、火盆和烧秸秆的香气，主人披黑市布棉袄沿房山墙转一圈儿，干咳两声，寻个暗处撒尿，回头再给槽里之马添一把豆饼渣子。

喝烧酒辣得人张开大嘴直哈热气，心也暖了，肠也热了，皱着眉头看窗外那棵光秃秃的杏树，心里默念节气：三九添一九，黄牛遍地走。

在城里，嚼腊菜缨子下酒，眼前竟有恩恩怨怨的电视剧。嚼一阵儿，左顾右盼总好像不是滋味儿。

粮食的神性

我羡慕那些吃饭很慢、一直吃尽碗里最后一颗饭粒的人，最后那颗饭粒，可能正是农民弯腰从地里捡起来的那颗谷粒。见到这样的人，我岂止是羡慕，简直会景仰他。

吃饭占用了人生很长的时间，虽然它够不上恢宏大气，它也真不需要恢宏大气。相反，小气和安静适合于每一顿饭。

慢慢用餐、吃干净每颗饭粒的人，身上至少有两项美德。第一是懂得感恩，感恩实在是要从敬重粮食开始。你看和尚去饭堂用餐，身上要穿戴袈裟，看上去一派庄严气象。我有幸与和尚一道吃过饭，他们手捧着饭钵，眼睛盯着钵里的饭，既用心又清净。和尚们肃然起敬的仪容，是对粮食做出的礼拜。古代真有人在吃饭前对饭食拜上几拜，以示感恩。为什么要对饭食恭敬呢？结论是：对入口的饭都不恭敬，还能恭敬谁呢？如果仅仅恭敬明星而糟蹋粮食，岂不本末倒置了吗？是粮食让你生命延续，而非明星。和尚们吃饭不说话，说话轻慢了粮食又不利于消化。科学认为，进餐说话会影响到从胃到胰腺的一系列功能。而你看和尚们专心吃饭，能体会到一样美。他们吃净饭粒用开水洗一洗碗，喝下去，那真是干净极了。以前，我见到我妈吃完炒米用茶水涮一涮喝下去，觉得愚不可及。如今知道，我这样想才愚不可及。我还没有到达他们的境界，从粮食中领悟天地馈赠之厚意。

他们身上的第二项美德是享受福气。福气在哪里？有人告诉我，福气就是手挎 LV。我问 LV 跟 VCD 是一回事吗？他回答：你是个老土。老土不一定不会享福，李白和苏轼都不洋，都是尽享天地大美的有福之人，他们都不知 LV 与百达翡丽。

福气在哪里？如果让我回答，首先回答是吃粮食。好东西生长出来而非生产出来。别不相信，你在心里算吧，粮食、柑橘、葡萄、牛奶、蜂蜜、珍珠、翡翠、鲜花都是生长出来的，上帝手里的东西。只有薯片、汽水、电视剧、口香糖这种烂东西才是生产出来的人的产品。

慢慢地享受生长出来的东西，是生命与生命相遇。每一颗粮食都有自己的滋味，越咀嚼越有味，身上充实。事实上，当粮食进入人的身体，是阳光、雨水、土地的香气和蛙鸣在你生命中循环，它不仅是碳水化合物，还是天地的能量。

人常说吸取天地之精华，天那么高，地那么厚，你如何吸取？人有可能接触到的天地精华，也只有粮食和水。天地不光生长精华，还以眼睛观人，看到不丢弃每一粒粮食的人，会生出欢喜心，赐福给他们。

大　米

万物当中，如果不算人，又美又有用是米。

大米在稻谷时期已经很美，稻穗带出黄金的色彩，如金箔包颗粒。谷化为米，特别在煮熟之后，大米展示出白玉一般、珍珠一般的温润雪白。有的东西煮熟之后离原来面目相距十万八千七百里，如酱肘子，与在猪身上不可同日而语。什么角瓜、西红柿熟了都变了样子。稻变米，煮熟之后金变玉，了不得。

大米熟了比生米更美，它身上每一部分都像棉花一样开花了。我们吃的大米饭实为大米花，此花糯软、晶莹、隆松。面对一碗大米饭，不吃，看上三分钟，一定生出赞美心，其色泽可与任何珠宝相比，三五成团。倘若米粒孤零零落在桌上，人也想把它收起来。

我想，人的种种好，比如聪明智慧美貌，其实都是粮食的好。人买家具爱问材料，紫檀的、花梨的，材料决定成败。人是什么材料的？虽是肉的骨的筋的，其实还是粮食蔬菜肉蛋奶提供的原材料。如果有人请教我：你是什么材料的？我恭敬回答：大米的。

人闭上眼睛想一想，大米——这么好的东西，洁净、雪白、清香的东西进了人的肚子，人能不好吗？能不聪明善良吗？好好吃，吃一辈子，这人肯定长寿。反过来说，人吃了大米之后，还打架、骂人，实在是不应该。这话是我替大米说的，大米愿意进好人肚子。

科学讲，大米不过是淀粉、碳水化合物。我觉得科学家对这个事还没研究清楚。它除了化学性、多糖的分子结构，其精神性还没有弄清楚。大米是阴性的，跟水、银白的云彩是一伙的。高贵的品质让它散发香味，同时不妖冶袭人。这个香只有味蕾知道。我还想一件事，大米喜聚合，喜众来众往，因此吃饭在碗里留一个饭粒实在不应该。静心看一碗矗成尖堆的大米饭时，看来看去，觉得它们有笑容，浅淡、喜悦的笑容。

人习惯用钱买那些别人没有的东西自珍，曰收藏。我看天下的好东西都在眼皮底下，大米就是一种。吃一辈子大米，看一辈子大米，福气已经够大了，用不着再收藏什么古里古怪的东西了。

豆　　子

豆子是从娘肚子蹦出来的果实。娘胎虽好，但豆子在里边待不住了。它急躁，等不得像土豆那样被人从地里挖出来，或者像玉米那样被掰下来。豆子是谷物里的孙大圣，自已蹦到世界上。

豆子降生比人省事。人降生要住医院，当娘的哭天喊地，回肠九曲把孩儿生出来。光自己生不了，还要有医生帮着生，差一点儿就要命。人为此生而哭泣，豆子不哭。它天生一副圆脸，来到世上为欢乐，欢乐即在地上打滚儿，豆子乐观。

不乐观的谷物做不成豆浆、豆腐和豆皮。豆子——无论它叫大豆、黄豆、黑豆、红豆，都逗人乐。雪白的豆腐捧在人的手里颤颤巍巍，为什么会这样呢？豆子在豆腐里乐呢。像有人不出声地笑，肩膀颤抖，和豆腐的颤动一模一样。豆子没想到它会变成整齐的方块，跟白玉没什么区别了。豆子听人在叫豆腐的时候说：松软啊、滑腻啊、可口啊、营养啊。豆子又颤巍巍笑起来，这都是谁发明的词？人类的嘴不光会吃，还会说。

豆子喜欢大地，最爱黑龙江的大地。别的地方的地只不过是地，而黑龙江的地是大地。坐一宿火车，天亮的时分窗外还是大豆的田地，大吧？广阔的地方让豆子性格豪放。把豆子放进铁锅里炒，豆子怎么样？它会跳起来骂娘。栗子、牛肉、羊肉、山药这些货，谁也没从铁锅里蹦过高，更没有“啪，啪”地叫骂。豆子不明白为什么把几百个豆子放进铁锅里一起炒，这简直是犯罪。不服从是豆子的天性，像苏珊·桑塔格说的。它想象自己是子弹，嗖嗖飞向目标。人真够坏的，人不光发明了豆腐制作法，还发明了锅盖。盖上锅盖，豆子们在锅里打群架，拳打脚踢，拔枪互射，跟东北土匪差不多。

豆子的婴儿床是豆荚。像浴盆一样的豆荚给每一粒豆子准备了塌陷式的光滑水床。水床的罩子当然也是浑圆的，就像人的眼皮。躺在床里，豆子看到绿色的天空，但没有云彩。豆子终于厌倦了绿色的天空，跳出来看到蓝天、白云和一帮说东北话的农民正在豆子地里打情骂俏。豆子喜欢清亮的渠水，喜欢像火柴棍一般瘦小的青草，它们头上顶一朵，有时是两朵小黄花，这太有意思了。豆子看到云彩从天边倾斜飞行，白云里夹着不怀好意的灰云，豆子以为天要塌了。为豆子从豆荚里跳出来这件事，天也要塌一下吗？云彩如城楼一般飞向远方，豆子看见豆大的雨滴掉下来，不是一滴两滴，简直多不胜数，豆角的叶子啪啪敲鼓欢迎。雨滴到地面干什么呢？这都是豆子不明白的事。雨滴汇成溪流，灌满沟渠，豆子昏迷不醒，直至见到太阳。哪一样种子到世上不是惊心动魄？它们的童年比人类童年更有戏剧性。

在豆浆里，豆子看到了自己的白，牛奶也不过如此。它们在雪白的水里抓住其他豆子的小白手。昔日黄金化白雪，豆子们呼吸着豆的腥气。

豆子以其浑圆活泼赢得人类的好感，人用豆子为人和狗取名，以其小而圆，谓之可爱。豆的营养学定义是植物蛋白。但没人愿意起名叫蛋白，虽然蛋也白，但“豆”字更上口，与逗同音。豆子最逗的一件事就是当年它从娘肚子里蹦出来。

豆子的愿望是与其他豆子们走向远方，在荆棘地长成豆苗，与海边的白卵石结为邻居。豆子勇敢，在咣当咣当的列车的车轮轰鸣里，豆子和其他豆子躺在黑暗的麻袋里憧憬远方。它知道每一声“咣当”的下面都是土地，都可以生长青草、乔木与豆子的小苗。豆子后悔自己没长出一双脚，可能它从娘胎里跳出来太早了，还没来得及长出一双脚。豆子有了双脚之后情愿走到松林里，它仰望着高大的松树，在落叶松的松针里造一所房子，看松香怎样变成琥珀。豆子会走到花田旁边停下脚步，看花的露水从双鬓流到腮边，蜜蜂的轰炸机从云层俯冲下来在花朵面前嗡嗡哆嗦。豆子要去的地方太多，这些美事把它的肚子撑得滚圆，它的豪迈让人类把它称为大豆，这是尊称。制造白面的麦子也不过是小麦，豆子从小就成了大豆。

十七岁口福

我十七岁的时候下乡了，当知青。

据说写知青生活不仅不时髦，而且已引起文坛前卫人士的愤恨。他们愤恨知青作家在文中流露的理想、纯洁信念和亲历的苦难。那么，我写一些知青生活中琐屑的事情，譬如吃。

吃

玉米面发糕。

“糕”是一个高级词，仿佛是富有滋养与滋味的上等食品。但玉米面发糕就不上等了，玉米掺水，在盆里搅稀发酵，上锅蒸。熟后刀切成块——若有艺术观点亦可切成菱形。剩下的事就是吃。

我们——赤峰县东方红大队的知青们，收工后或蹲或站吃这些黄澄澄的大发糕。味道——最奇怪的事情在于——我当时与现在无法指出它是什么味道，因为饿。我们知道白面馒头香，烙饼更香。但不知发糕是什么味道。为什么饿呢？难道粮食不够吃吗？不是，赤峰县东方红大队是全国农业学大寨的典型，甚至联合国的黑人都参观过，亩产吨粮，粮食怎么会不够吃呢？青年点的学习室堆满了玉米，随便吃。

饿是因为累的。

我们早上四点钟起床，吃发糕然后下田劳动。十点钟发糕液化成汗蒸发，再吃发糕。中午收工，当然正规地吃发糕。晚上还吃。吃完学马列主义，而后再吃发糕。

菜嘛，只一种，咸菜疙瘩。把咸菜疙瘩切成条是高雅的吃法。多数人——包括我——赤手从缸里捞一个吃就是了。知青中的有钱人，譬如当代课教师的人，花一角钱买两棵葱，捏成段儿，有白有绿的，泡在酱油里佐餐。

哼！这是我们鄙夷这些小资产阶级分子的奢侈生活而从鼻孔里发出的愤慨。但我们也知道，葱儿比咸菜甚至咸菜条都好吃。

我们一年四季只吃这两样东西：发糕与咸菜。

到了十一，即国庆节，我们将吃一顿白面馒头。这是党中央、毛主席送给广大知识青年的关怀。毛主席万岁！每到十一，我们青年点都会响起这样的欢呼声。

的确如此，白面如果不是毛主席给我们的，还会是别人吗？我们心花怒放地吃白面馒头，吃了还想吃，只叹自己只长一个胃，恨不能把肚子剖开，把肠子之流掏出去，全装满馒头。吃饱了，我们还盯着馒头看。这么好的玩意儿，竟无人吃，孤零零地放在锅里。可惜呀！

还是回到发糕上。几年前，我们知青聚会，说那时咱们每顿吃多少发糕？大家闷头想了半天，说一般是二到三斤，一天吃十来斤。大窦有一次吃了四斤。

四斤。我们觉得难以置信。大窦这家伙唱歌只一句:“我爱这蓝色的海洋……”带哆嗦的，第二句他唱不上去。过半天，还是那句“我爱这蓝色的海洋……”你不得不在心上给他续上第二句“祖国的海疆壮丽宽广……”他唱多少句，你在心里续多少句，要不难受。这家伙一顿吃四斤发糕。

我们在二十年后聚会的时候，面前摆满各种菜肴，但无人动箸。大家皱着眉头、撇着嘴，思索自己当年吃二三斤发糕，大窦竟然吃了四斤，成什么人了?

大窦现在干啥呢?我问。别人说他在发电厂看仪表呢。

喝

喝就是喝白开水，大锅烧的，凉了，用白瓷碗一舀，喝。其实喝凉水也无碍，但凉水与发糕宜酿成烧心之势。

除了白开水，在青年点没什么喝的。

知青中有位回民，叫八哥。回民喜饮茶。这小子有一次不知在哪儿弄点花茶末，纸包纸裹的，哆哆嗦嗦倒进大缸子里，准备在屋里偷着喝。

八哥平日踮着脚走路，显轻捷，爱边照镜子边挤眉弄眼；爱清洁，每天劳动毕，用手巾把全身上下擦一遍。有一回，他屋的王又林在门口扔了一块西瓜皮。八哥端着脏水准备往外倒，嘴里哼着小曲儿，“哎，哎，哎……”他端水踩在西瓜皮上，双脚急剧错动，像在传送带上往后跑一样。终于，八哥把水全都泼在自己胸口，而且屁股坐在了铁锹上，锹把反弹，击中后脑。总之，那回他倒霉了。

八哥把茶沏好，没舍得立刻喝，端到窗台上，等待下色并观赏。

“快来呀！”走廊有人高喊“八哥偷喝茶叶呢”。随即，脚步杂沓，人们如抓一个反革命分子一样冲了进来。

八哥端着茶缸子，想藏没地方藏。想放炕席底下，不行，炕洞里，也不行。水这玩意儿最不好藏，你不能把它倒箱子里锁上，或倒进鞋里穿走。

“八哥！”我们义正词严地喝问，“干啥呢？”

八哥只好停止炕上炕下之躲闪，把茶交了出来。于是，一人一口，转瞬，八哥之珍饮罄矣。

王又林喝一口，假装厌恶，“呸”地吐地下，说“什么破茶”。

八哥盯着地上那块湿，拍着大腿说：“我的茶呀！”

大伙哄堂大笑而去。

在青年点，我们别的没喝过什么，白酒喝过一次，太难喝。啤酒，大队书记外甥女结婚时喝过一口。酒装在碗里冒沫，一人只让喝一小口。

其实，我们也知道世上有许多好喝的玩意儿，毕竟是“知识”青年。我儿时，泛读过一点儿法国小说，知道一点儿什么“马爹利”“杜松子酒”“朗姆酒”之类。给他们讲，这帮家伙全听傻了，一劲问：

“好喝不？好喝不！”

“啥味？啥味？”

我开始瞎编，说朗姆酒是苹果味中含有樱桃味，杜松子里兼有香蕉、葡萄和牛奶三种味，把他们馋得翻翻乱滚。

我记得，当时白险峰站在炕头豪迈地说：“赶明儿，爷们儿挣钱了，先买一瓶杜松子酒喝！”赢得了大家敬慕的眼光。

节日晚宴之鱼肉篇

傍晚际，我、图嘎和梅林仨坐在连部门口的松木垛上，远看西山晚霞，盼：快黑！天快黑！这天是中秋节，入夜即有盛大的宴会。而晚霞如徘徊台上的坤伶，如一时无法撤离的队伍，如滥用酒精者的面庞，不退。

这是“五七干校”，时在1970年或1972年，当然是20世纪。而我们，是被当地工人农民称为“干校的狗崽子”的小流民。

天终于被狗崽子们盼黑了。我们搬桌子，把桌子从屋里搬到空场上，一个挨一个摆好凳子。有人举手把电灯挂在柳树上。其实我想知道那人怎样把电灯从顶棚上拉到外面，忙蒙了，没看到。大人们高兴，无端相互嬉笑。我妈是二排的，我爸是四排的，文工团是三排，电台是一排，博物馆和机关学校是五排。而一会儿桌子上将摆满平时吃不到的好东西。我们像兔子一样窜奔于厨房和各排之间，把资讯报告给大人：炊事班在炖什么、切什么、炸什么、蒸什么、收拾什么。

大人变得友好，低头看我们，开口：“聪明啊，这帮孩子。”

他们馋得善良了。平时——就我能够理解到的——他们互相揭发、批斗。意思是这样：老甲从老乙枕头底下搜出一封信，撰信人乃老乙老婆，信中若写“寂寞”“生活困难”“想你啊”一类的词的话，老甲报告工宣队，老乙就要白着脸筛糠、检讨、涕泪，因为这些词在破坏“伟大的五七道路”。而过关之后，老乙自会搜集老甲的反动罪行，而且一定会搜集到。比如老甲用报纸揩屁股，老乙仔细观察此纸，如污“革命”字眼，交工宣队，老甲便筛糠。

我们呢，也不搞庸俗的戏耍了。这些戏耍是在山野与驴赛跑、捉刺猬、看刺猬那张猪脸、用柳枝抽水里一蹦一蹦的虾子。今天好啊，宴会。那天我第一次听到“宴会”这个词，宴——会，多好听。过去只“会咽”。桌子摆出来，一百多人吃饭，上悬电灯。这是什么？宴会。头天晚上，我在厨房凝视一条一百多斤的花鲢鱼，比我高，吊在梁下，脊背划开一刀，白膘半尺多厚。肚皮因为风干起了细小的皱纹。那鱼看着特高贵，流线型，像古代的展览品。后来它变成了碗里傲慢的肉块，跟豆腐炖，刺儿像骨针那么粗。

电灯下，大人们互相敬烟、开玩笑，我们钻桌子。说着，菜端上来了，用脸盆，各自以碗盛取。计有：

豆腐炖花鲢鱼、油煎滑子鱼、海带炖草鱼、萝卜炖鲫鱼、洋柿子炖鲶鱼、白菜炖鲤鱼、芹菜炖鲳鱼、韭菜炖鳕鱼、菠菜汤、西瓜皮拌虾米皮。另有什么珍馔佳肴，因为是20世纪的事，记不太清。但记得上菜时，文工团那边喊：乌拉！

我赶紧跑去看，以为“乌拉”端上来了，后来知道这是学苏联人，高兴喊“乌拉”。不高兴喊什么呢？大人没告诉我。

乌拉端上来之后，又端上许许多多的乌拉，红洗脸盆、黄洗脸盆、白洗脸盆、绿洗脸盆，冒尖的菜肴转瞬进入饭盒，转瞬入嘴入肚。人们盯着饭盒唇齿翻卷，无一人言语。人若有两张嘴、三张嘴、四张嘴，也倒不出空儿说话，均被鱼堵满了。一个人说话，手拿一张纸。有风，他用手按在桌上念，这是工宣队长。说什么，听不清，最后一句是：“毛主席革命路线胜利万岁！”

全连人停吃，把嘴里东西胡乱咽下，喊：“毛主席革命路线胜利万岁！”接着饕餮。

最好玩的是两个家伙喝醉了。一个报社的，叫明春，平时衣冠俨然，爱念诗：“去年潼关破，妻子隔绝久。今夏草木长，脱身得西走。”老念，我、图嘎、梅林仨都会了，接续：“麻鞋见天子，衣袖露两肘”。他听了，说：“对，对。”那天晚上明春喝果酒，颧骨和眼皮全红了，对着曙光他妈手微微伸出，说：“我爱你呀！”曙光他妈回：“你也不看这有多少人！”

另一个防疫站的人双手挠自个儿胸脯儿，血印像铁丝网刮的。

我们吃饱了，手摸溜圆的肚皮，尾随二排的几个人到水库边上。水库阔大，高崖临波。他们唱苏联歌曲《纺织姑娘》等，使我知道人在饱腹之后也有忧伤。波浪仿佛抢听歌声，一排排挤过来，触石而退。我在想，明春竟会爱上曙光他妈？他妈牙齿稀黄，播音员。

后来，干校的多数人回城了。一天晚上，我和图嘎坐在空场上看月亮。图嘎突然仰倒，手捧头，说：“宴会多好啊！”我也认为好，没说。一栋栋房子空了，门窗敞开。不住人的房子像一群傻子在荒野行走，丢失了灵魂。

PART 5

评论·启蒙篇

一个时代不管盖了多少高楼大厦，
不管有多少人买了珠宝首饰，
当还有一个人饿的时候，
人们应该停下自己的事务，
帮他在十分钟内填饱肚子。

▼

写作让人活两辈子

写作会改变一个人，这是众所周知的道理。这里说的“改变”，不是它使一个人由代课教师变成文联主席这种地位上的变化。我是说心灵，作为一个诚实的劳动者的写作，会发现内心出现一条通向远方的道路。走过去，你会变成另外的人。

写作使人谦逊。世上让人骄狂的事情很多，小时候我记得，有个人穿了一双皮鞋就很骄狂。事实上世上每件事都会让某些人骄狂。这就像某种人吃了某种药一定会过敏一样。何止皮鞋？权力、声誉、豪宅、出国、打保龄球，甚至有人当一次右派要在文章中写二百遍，这不也是骄狂吗？我老婆说卖肉和卖西瓜的，一般比较狂妄。可是为什么卖肉或卖西瓜的就易生妄心呢？手里有刀，以及眼前血红？有一些生存方式容易把人变成无赖。但你在一片丰饶的田野上，看不到一个骄狂的农人。农人在劳作与休息的时候都是谦逊的，换言之，创造者易于谦逊。除了上帝之外，女人、工匠与农人，以及作家都是创造者。面对着时间，面对着无尽，人像孩子一样生出敬畏之心。写作让我们感到生活的广阔，感到你在生活中的位置。我常常感到我由于写作而变得像小蚂蚁一样勤勉和认真，像小蚂蚁一样充满欢喜地做每一件事。我感到街坊邻居都喜欢我的朴素、强壮和单纯。他们甚至用这样的话来赞扬我：“你根本不像写东西的人”。他们所欣赏的本真与谦逊，恰恰是写作所带来的。

写作使人善良。什么工作常常思考人的命运？法官？算命的人？以及作家？从近来披露的新闻中得知，法官决定人的命运，但并不思考人的命运。算命者不决定人的命运，却天天思虑。两者实际离人的命运很远。而作者面对的是命运的血肉。有时候，我感到天下哪有什么好人坏人，当你看清命运的手之盾，对所谓“坏人”反生可怜之心。一个作家在多年的写作之后仍然不是一个人道主义者，证明他走在了错误的道路上。如果在一种酝酿已久的写作中我们仍然不能了解人的宝贵、人的脆弱、人的向善的天性以及人对恶的诱惑的向往，特别是对人的信心，也证明他走在了错误的道路上。我已经很久不用善良这个词。因为这是一种特定境遇的形容词，不能够也不应该被广泛使用。上帝善良吗？许多事情不是善良与不善良的问题。但写作使人善良，作家比别人更能感受人间的不公平而带来的痛楚。他们是在白天和黑夜始终警醒的社会的神经。如果我们可以要求治国大师应该坚强，教师应该渊博，铁路信号员的视力应该良好的话，作家应该善良。对中国下一代的读者而言，比尖锐明敏更需要的是温厚仁慈，这对国人性格是一种救治。下一世纪初，中国更需要泰戈尔、托尔斯泰、川端康成和米斯特拉尔。

写作使人朴素。差不多所有的劳动都使人朴素。农人对着麦子的表情与歌星对着观众的表情肯定不一样，前者更平静实际更美。写作不是开炮，一拉引绳便有震耳效果。它是一点一滴的劳动的积累。在这种积累中，他已经有可能把时代与命运、把遭遇与梦想、把荣耀与付出进行过不止一次的权衡，生活的繁华使写作者感到朴素更适合于自己。朴素的人更容易感受到美。

在将近五十年的时光中，写作在中国已经不是一条通向高官厚禄的道路，至少已经开始如此了。它作为一项心智活动更接近于纯粹。在写作中，无论苦难或忧伤，所经历的一切在流露笔端之前，在内心再一次经历一遍。所谓谦逊善良朴素都是这种经历的结果之一，它使我感到活了两辈子，原来的悲喜都没有浪费。而且它使我在品格方面比过去更好了一些，这是过去所没想到的。在这种意义上，写作与修道仿佛。对我来说，谨此，仅此。

饥饿是所有人的耻辱

我从向海返回，经通榆县城换火车。

离开车还有十个小时，我胡乱转一转。先转到火车站边一水果摊。大凡车站码头，商贩面颜多含戾气，怎么弄的搞不懂，也可能被汽笛声震的。油桃、小西红柿、南果梨、葡萄，女摊主掀开棉被（实际上一条褥子），这些水果像画展一样鲜艳夺目，我每样买了一些，想象这些水果进我肚子之后到何处去，变成了什么？记起书里一段话："人作为高等生物对所吃食物需经消化方可吸收，譬如唾液中酶所发生的作用。而低等生物进食无消化过程。"这时——我交钱刚要走——见一小孩儿面对水果瞠目。

该小孩儿身长二尺九寸许（市尺）小学一年级样子，手里拿一件不知其称谓、带线的旧玩具。他的手背、脸颊和脖子附着一层均匀的、化验不出来的物质材料，简称"黑泥釉"，身着大人的旧条绒上衣。而他的眼睛被水果激发光芒，经久凝注，简称"幸福"。

"孩子。"我拿几个水果给他。他缓过神，掉头就跑。

这时女摊主发话："过来。"

这个小孩儿或称流浪儿、农村留守儿童轻轻走过来。

“接着。”

小孩儿接过我给的水果。两三个装上下衣兜，手里各握一梨一桃，动作迅捷。他咬一口桃，再啃一口梨，两果并嚼，构成新滋味。他眼望蓝天，果肉在嘴里左移右挪，风光八面。还未咽，小孩唱起歌。咀嚼耽误吐字发声，我没听清歌词。他接着咬、接着唱，残果扔核，再掏出一个紧攥在手里，继而眺望远处的蓝天。刚才忘了交代，通榆县城悉为新楼，楼房的外墙贴面砖有牙白、赭红、姜丝黄等各种颜色，有的楼挂促人奋进的布面标语，红地白字，宋体。楼顶上，白云沉稳移动，天蓝得刚好配合吃水果。

“你心肠挺好啊。”女摊主说我。

我正回忆自己何时吃水果唱过歌儿，唱的是什么歌？我见过很多唱歌的人。一次聚会，腾格尔氏吃了几杯酒后唱蒙古族民歌《乌尤黛》；邹静之氏在兴凯湖边的篝火旁唱《今夜无人入睡》。他们唱时谁都没吃油桃和梨。我对女摊主说：“都一样，咱们小时候不也馋水果却吃不起吗？”

“就是。不过这个小叫花子、小不要脸的有点儿缺心眼儿。”

“缺心眼儿”与“脑袋进水了”“脑袋让门框挤了”等，在东北话里是傻的意思，正称乃为“智障人士”。我看小孩儿不傻。享受物产甘美，且望蓝天者，焉能缺心眼儿耶？女摊主心眼儿其实有点儿缺，用棉被或褥子捂水果。捂软了就不好卖了，但我没提示她。

小孩儿教我水果甘美一课，我把水果在水龙头下假装冲一冲，坐在台阶上吃，美虽美，自忖不及小孩儿嘴里美。上天的公平于此再一次显灵，他乞讨，我未讨（讨的方式不一样），但他享受我享受不到之心旷神怡，两下扯平。而随手拿几个水果送孩崽子，小孩儿就启示你水果蓝天歌唱之美，为什么不呢？

有一次，我在街上见到一位走路无规律晃动之人，侧观其面，煞白有汗。问他怎么了，他唇微动。我将我耳送他唇边，听见两字："我饿。"

都什么年代了，还有人在大街上饿晃荡了。不行，我左臂一伸，指示他步入"大明包子铺"。这是敝单位边上一小型餐饮场所。他——后得知其为安徽省颍上县人氏，到沈阳找工作不可得，连回家路费都耗尽——吃了三笼包子、两碗二米粥、一碟子盐白菜。我跟你说，人要是饿了，他没工夫感谢你，只感谢包子。吃饱了之后也不感谢，血涌到胃里，大脑昏沉沉的，困了。吃包子，他下颌骨与咬肌坚实有力，别说包子，花梨木、鸡翅木、胶皮管、开泰管、雨靴、羊羔皮前进帽都可"咔咔"嚼碎咽到肚子里消化吸收之。饿者根本顾不上跟你搭话，因为没长两张嘴。他眼睛同样炯炯看着远处。远处——两米外的墙壁贴一张"八荣八耻"公约。吃饱了，这个六十多岁之农民，面红润，眼神柔和有光。

结账，他走了。包子铺老板与我熟，说："大哥，你让人骗了。"我惊讶，他都饿成这样了，骗我什么？我见过很多骗子，没见过装饿而且吃那么多包子的骗子。骗子者，利用别人占便宜的心理谋取对方钱财，我在他饿中占到了哪一样便宜？没有嘛。

我不止一次看到，下层人士对更下他一层的人的凶狠。甲不如乙，乙断然不送甲哪管是一口水喝。

依上述两件事而言之，我花费十来块钱，如同给缺了螺丝的一扇门安了个螺丝，门接着门，这钱比我自己消费更有价值，更具美感，就像你朝远方扔一粒小石子，小石子在空中飞，穿越树林、草地和水塘，恰恰落进一个牛眼睛大的小洞里，多惬意。是谁受骗了？没人受骗。吃饱包子之颍上县人士面红润后，又笑纳我所赠路费两百多元，这也不是骗我。他除了说回家之外并没承诺我别的事体，没说在月亮上送我一块地，没任命我担任民政厅长，没保送我成为党校在职研究生与硕士同等学力。假如他不拿此钱买车票，其用途也无非住店、买包子、买面条、买瓶装水，均为钱之正用而非邪用。

我并不想借此实施自我表扬。周知，慈善家（家！）长期地、大量地、默默地帮助别人，最显著的特征是他们不说出自己的事迹与姓名。而我作为一个经常得到别人帮助偶尔小助他人的人，想发表如下三个小感想：

一、兜里揣二十元钱的人不要瞧不起揣十九元钱的人，在国家统计局看来，他们属于同一阶层的人，杏熬南瓜一色货。穷而恶比富而恶还吓人。

二、对贫困人士不须提高全身的警惕，他们骗不了你。能给俩铜子儿就给，不给拉倒，毋庸切齿怒目。人警惕的应该是自己的贪心，是衣着考究又善于在言说中宏大叙事之人，是大的利益集团的人。气宇轩昂的人物才骗得了不如他们的弱者，弱者骗不了强者。

三、如果静下心来体察周遭并放些零钱在兜里，就可以帮得上别人一点儿忙。其实是钱在帮忙，人只做点儿协调工作。有钱并会用钱，也算高等生物特色之一。我跟车站水果摊女摊主说："咱们小时候不也这样吗？"女摊主垂首叹惋，深以为然。其实，我小时并不如此，拜父母大人之福，我在三年困难时期也不曾吃糠咽菜。具体情况，我甚至不好意思写出来。比如我从小看画报、听唱片，五六岁穿皮鞋。而小伙伴儿穿布鞋，下雪天也穿带窟窿眼的夹布鞋，使我的皮鞋显出不好看，像牛蹄子。我拒穿竟遭父亲吹胡子瞪眼，极其不爽。但我不管在儿时、青年乃至现今，一直知道饿是怎么一回事儿，它是耻辱之中最大的耻辱。或者说，饥饿者的存在，是时代的伤疤。

一个时代不管盖了多少高楼大厦，不管有多少人买了珠宝首饰，当还有一个人饿的时候，人们应该停下自己的事务，帮他在十分钟内填饱肚子，让手里的钱产生应有的道德感。

歌颂我们睡觉的地方

这个地方叫房子，又叫居。居而有居，比出而有车更必要。人和多数动物一样，离不开睡眠。动物里只听说金枪鱼不睡，终生游来游去，后来被关进罐头中。人睡觉要睡在一个东西里，即放床的地方。安全，可做梦及说梦话，这是房。房是买房的房，租房的房，同房的房，无房的房，房证的房。

房子，不管怎么装修铺排，它主要的功能是睡觉。张学良回答《基督教箴言报》医学栏主笔林德时说："我长寿因为我能睡。从晚上十点睡到转天十一点，中午再睡两个小时。"张将军是"中国最年轻的独裁者"（斯诺语），也是睡仙。1915年在巴黎和会痛批日本人的国民党元老顾维钧说："睡，是人生第一要务。"

这个睡觉的地方是我们大力歌颂的对象。歌颂而大力的原因在于：人们童年、青年直到中年所立下的妙不可言的理想——比如当厨师，到埃及担任大使馆武官，当淘金工人或养蜂人，最后都被房子消解了。睡觉之地的私有化，才是人生唯一值得的奋斗目标。生理医学说，人在睡眠时不再接受与回答外界的任何信息。而生活说，无房之人只要醒着，就要搜集与处理买房与还贷的所有信息。

房子，对城里人来说，它只是楼房中的一间，却能榨干人身所有的油水，包括氨基酸和非氨基酸。漂流到荒岛上的鲁滨孙造屋时，自己砍树、垒石，农民也是如此。城里人则不能，当起重机和搅拌机盖到你未来所住的那间房时，不允许你上前帮忙。夜幕下，一群你所不认识的农民工铺设钢筋、浇灌水泥。而这一切正是你未来放床的地方。远远看一眼并非不可，但不能亲施手泽，更不能修改图纸或增加钢筋根数。

就这一点说，房子的亲切感比鲁滨孙、猎人和野人们的居处差多了。建筑工人们不承认这是你的房子，更没想过他们流汗出力的地方、大小便的地方以后会摆放餐桌和液晶电视。它们不过是预制板，是石灰和空心砖，是一份不知欠薪与否的工作。而求房的人，也不知钢筋水泥壁垒中的哪一间是他的住房。房主们最想要的其实不是房子，而是放在房产交易中心某楼某室某铁皮柜里的红漆封面印刷品——房证。

房证也罢，房子也罢，都值得我们歌颂。如果不歌颂，就只剩下哭泣的心情，虽然我还没为此事哭过。看到街上相互依偎的情侣，他们的爱情成熟了，父母同意了，花好月圆了，却无房。科技让水果早熟，房子让爱情晚熟。这时候，不禁想替他们大哭。他们手里拿着冰激凌，一边徜徉，一边仰望高楼。高楼拔地起，独缺吾一家，叫我如何不想它？杜甫开玩笑说："野老墙低还似家"。墙低不低古时是身份的象征，都是家。年轻人，在一个陌生的城市里，你们何时有家？

但我们还要歌颂这个奥妙的、暗藏钢筋和房地产商利润的水泥堆砌的睡觉的地方。城里人每活一天都被双重标准匡正着，外标准是学历、收入、职务和单位，包括车；内标准是房子，睡觉之地。前者给别人看，后者是肝脑涂地之所在。房子是人身上搭错的一根筋，什么时候让你疼，保证疼。对它进行歌颂的理由还有：如果做了一个贷款买房的人，基本就成为有利于社会稳定的人士。《刑法》上二百多条罪名，哪一条都扣不到他脑袋上，《治安法》所有违法行为均与之无涉。有房贷的人多乖呀，他们可能无趣，但有责任；可能不幽默，但守时；可能窝囊，但疲于奔命；可能不喝酒，但勤奋；可能吃剩饭，但不乱花钱。久而久之，他们的体重和血糖都应在正常值之内。虽有抑郁症之虞，但心算能力，特别是计算利息能力超过银行职员。

歌颂睡觉之地，还因为闻听广州钢铁集团自主建房，这件事将在历史上留下难忘的一笔。中国城里人住宅的历史，走过福利房、市场化、房价飙升之后，国有大型企业自主建房，是非常有意味的一件事，其房价只有市价的八分之一。此举会不会引发一些变化，不妨静观。

歌颂睡觉的地方，是歌颂我们自己终于找到了一辈子可以为之奉献的目标，像过去的农民有了地一样。是歌颂看电视、包饺子与剥蒜之地；歌颂每平方米看不出值钱但十分值钱之地；歌颂房证，歌颂银行，歌颂央行不加息，歌颂我们不是流动人口，歌颂我们终于明白世界之大，属于自己的地方只有一小点儿且来之不易。

人人都在高估自己

怀才不遇，是自我感觉而非社会评价。说的是才能没被发现的心理落差，或者说人与社会的信息不对称。

人的才能和社会评价之间有差别。一般说，社会评价大多低于自己感觉的实际能力，有落差。

所谓信息不对称在讲，你怀里揣着价值连城的和氏璧，别人认为大不了是只烧鸡。当你真揣一只烧鸡的时候，别人以为是一袋洗衣粉。

社会高估一个人的时候很少，人都在自己高估自己。

这里面如果有什么规律的话，就是：自己看自己，看的是潜能和综合素质；社会看一个人，看的是显而易见的具体成果。所谓“不合理”就是这样发生的。

假如把社会看成一个人，他一定急功近利，只注重当下。比如说，“社会”想知道一百米谁跑得最快，魁首必定是最近一次的比赛冠军，而不会有第二个人。“社会”没有耐心，他不会问：十年前谁跑得最快？十年之后谁跑第一？倒着跑谁第一？近视人士谁跑得最快？脂肪肝人士以及属鸡的谁跑第一？这样的提问不符合“社会”的利益，而且太多的第一扰乱了“社会”秩序。

实事求是地说，社会并不看重也从来没看重过人的潜能，它只看结果。当下性和唯一性，是社会的统一标准，也是让人感到郁闷的原因，引发“知我者谓我心忧，不知者谓我何求？”这些感叹。

在落差的另一端，即个人与低端这一面，自我评价的依据是全部“才华”，并非“结果”，或者说离结果还很远。人自我判断的时候会把潜能计入成绩单里。潜能是什么？是胎儿，是精子，甚至只是一朵爱情的火花，还不能上阵打仗。从潜能到成果，路途迢遥。潜能还是什么？是一点点爱好，一点点对自己的误解，包括附庸风雅等连爱好都算不上的小点缀。而真正的潜能，人可能一辈子都不知道。

几年前，我受友人怂恿，开始长跑。跑过一段后，发奋用功，训练之刻苦到了遭人讥笑的程度。汗洒操场自不必提，我边跑边攻读中长跑理论，以跑为人生第一要务，然后越跑越快。这时，权威人士发言：你有跑步天赋。我吃惊，过去包括童年我没有系统跑过步，何来天赋？又一想，可能有“天赋”。我曾经跑到眼前发黑，脉搏每分钟二百下，没“天赋”的人谁这样跑？

我显示跑步“天赋”花了五年时间，双鬓已白。不知道我还有哪些稀里古怪的“天赋”，如果有，不知需要多长时间把它们挖掘出来。

这是说，人的潜能或许连自己都不知道，社会更不知道。人的潜能如果未经艰苦的锤炼，它什么都不是。人的一点点爱好不过是生命中的小摆设而已，算不上稀世珍宝，更上不了社会这杆秤。

怀才的人宜把怀里的才甄别一下，分分类。有一些“才”，成功了固然好，不成功也不值得苦恼，可能它算不上才，至少眼下不算。像矿石一样，烧得起，烧出更高品质的东西才叫才。

什么人在怨恨时间?

从对时间的爱与恨，可以看出他是一个什么人。但是，爱时间的人几乎没有。人只在缺少时间的时候渴慕时间，但并没爱。没见谁说“我爱时间”。人到没时间的时候，什么都没了。有时间之时，爱的也不是时间，而是珠宝、钱、古玩等最能跟时间抗衡的什物，也在爱最怕时间考验的情感、脸庞等等。

什么人在怨恨时间？罗列一下，很好玩。

一、生孩子生不爽的产妇。

生子不爽比飞机晚点更令人苦恼。“都两天了，还没生出来！”这是人对生育艰难的抱怨，“两天”指时间。人们不指责产妇肚子，而在抱怨时间。

二、训练者。

指从事哑铃、杠铃、引体向上、冷水浴等一切跟自己为难项目的人。时间哪里是金钱？而为汗水。譬如做四十个俯卧撑，历时六十秒，感觉上每秒慢得又可以分为十秒。而最后两个动作，一秒简直拖延成为一分钟，所以人像烂狗屎一样拿不成个儿。如果俯卧撑连做三组，每组间隔休息一分三十秒。休息中的一分三十秒逃逸飞快，像刘翔一样。时间，每分每秒都不一样。我在满洲里洗冷水浴，即使是八月，水之寒已经不屑与皮肉纠缠了，径直刺骨。那么，在这样的水里洗六分钟，人看着表，几乎恳求它走得快一点儿。然而，表无情，不肯快走哪管是一秒。我想起五四诗人李金发（头发之发）的诗："让满洲里的风吹乱我的头发吧。"查李年表，他根本没去过满洲里，更没洗过冷水浴，他只觉得这个地名好玩。

三、囚犯。

囚犯当然怨恨时间。他们其实拥有时间，但缺少自由。自由是什么？从囚犯的角度看，是对时间的使用权。剥夺之，可以变成刑罚，这是残忍的发明。

囚犯坐在监仓，身边堆积着时间，每天每月每年，却无权使用，凭空看太阳落山，如有钱无处花，钱越积越多，到头来（出狱的那一天），这些钱（时间）一瞬间化为乌有。

人爱说一句话，从头再来。其实由时间论，"头"过去就过去了，不让你再来。"从头再来"是时间做的假象。如果再来，只能从腰、从尾来，时间不留人。

四、大姑娘。

说的是旧时的大姑娘。二八佳人，二九佳人，都说刚好出嫁的年龄。而三七廿一岁的佳人在古代便不怎么佳了。古代人均寿命短，生育早，廿一岁不嫁人怎么会佳呢？看古人写的闺怨诗，都在替姑娘们怨恨时间。

古时怨恨时间的人还有商人妇。夫君十三四岁出外学习经商，媳妇独守空房。日子过成什么样呢？隋朝诗人薛道衡两句诗写得传神，“暗牖悬蛛网，空梁落燕泥”。丈夫到底跑到哪里发展呢？诗曰：“前年过代北，今岁往辽西”。看看，隋代就跑了那么远。这首拟妇人口气写的诗最后两句劝夫早归，曰：“一去无消息，哪能惜马蹄？”这是两句中肯的批评，回来吧，怎么能因为爱惜马蹄而不归家呢？想想也真是。

五、小孩子。

小孩子觉得时间过得太慢，他们时间多得没地方使用，看蚂蚁搬东西、撒尿让蚂蚁溃退。小孩子观云朵移动，察鸟粪落地稀而白，观蜜蜂钻进花蕊退不出来。

小孩子怨恨时间，盼自己早点儿长大，跻身时间飞快那拨人里。

六、老人。

人老了最爱说的一句话是“时间过得真快”，其实是他们活得真长。然而老年人不敢怨恨时间，怨恨也不敢说出来。他们只希望时间之残羹多留给自己一点儿就很好了。

七、卓越人士。

卓越人士卓越到什么程度呢？一边剃胡须一边读报；一边走路一边吃麦当劳；一边接电话一边做颈椎操；一边吸烟一边吃药。据说他们上午十点钟到窗边打开一个信封大的气囊，呼吸一下山里的空气。据说他们……

他们卓越到把时间掰成小块儿，轧成小面儿，然而还不够用。卓越人士什么也不恨，只恨时间无情，一天只有廿四小时，为什么不是八十四小时。卓越人士像灯蛾一样，勇敢地扑向火苗，没时间思考明天。

河流里没有一滴多余的水

从质地上说，花瓣是什么？它比绸子还柔软，像水一样娇嫩。雨后的山坡上，如果看到一朵花，像见到一个刚睡醒的婴儿，像门口站着一个被雨淋湿的小姑娘。花瓣的质地，用语言形容不出来。而它的鲜艳，我们只好说它像花朵一样鲜艳。无论是小黄花、小白花都纯洁鲜艳。花能从一株卑微的草里生长出来，人却不能，连描述一下的能力都缺乏。

从性格说，马比人勇敢，而性情比人温和。马赴战场厮杀，爆炸轰鸣不会让它停下来，见了血也不躲闪。冰雪、高山和河流都不会阻挡马的脚步。它的眼睛晶莹，看着远方。把勇敢与温良结合为一体，在人当中，可谓君子；在动物中，是马。我哥哥朝克巴特尔贫穷，却买了一匹良种马欣赏。他不让马拉车干活，也不骑。每天早上，朝克拎一桶清凉的井水，用棕刷子刷马，然后蹲下，咧着嘴对马笑。如果马吃糖，他一定给马买糖；如果马看电影，他会拉着马上城里看大片。朝克对马的感情，和城里人养宠物不一样，马是哥们儿，是朝克的偶像。马在天地间吃草漫游，用不着管马叫儿子，搂着睡觉。马影响爱马人的性情，使之“温而厉”。

从流动来说，河水心里一定有巨大的喜悦，而后奔流不息。大河流动时的庄严，让人肃然起敬。它非在逃离，是前进。只有贝多芬的音乐能描述河流的节奏、力量和典雅。贝多芬的交响曲没有多余的音符，也没有乐器单独演奏，一切共进。而河流里也没有一滴多余的水，每滴水和其他的水密不可分，一起往前跑。河是巨大的家园，鱼在河里享受着比人更幸福的生活。夜晚，河流兜揽所有的星辰，边晃边亮。

从胸怀看，鸟比人更有理想。当迁徙的候鸟飞越喜马拉雅山的时候，雪崩不会让它惊慌。鸟在夜晚飞越大海，如果没有岛屿让它歇脚，它不让自己疲倦，一直飞。它不过是小小的生灵，却有无上的勇气。

人的勇气、包容、纯洁和善良，本来是与生俱来的。在漫长的生活中，有一些丢失了，有一些被关在心底。把它们找回来，让它们长大，人生其实没什么艰难，每一寸光阴都有用。

别瞧不起和你一样的人

一、别瞧不起和你一样的人。

人有上进心和虚荣心，他们瞧不起的刚好是和自己一样的人。什么一样？一样出身，一样品位，一样等级，一样行业以及其他一样的人。人喜欢差异，比如性别、地域和性格上的差异。但不能够瞧不起相似性，人摆脱不了相似性——遗传专家说，人类共同的母亲大约是一百五十万年前东非某个人类群落中的二十多个女人。才二十多个？是的，所以说“四海之内皆兄弟也”——只有在相似性的前提下，人类才有一些差别。强调差别，突显差别，更让人注意你还是原来那伙儿的。手是手，脚是脚。

二、脏的还由脏的来洗。

这只手脏了，洗它的是另一只手。不能想象，请世上从来没脏过的手来洗脏手，世上也没有这样的手。

这至少在说，人爬起来的地方，正是他摔倒的地方。不知有多少人在摔倒后希望离开这块地方之后再爬起来。换句话，不准备爬起来的理由是这地方不好，希望别人把自己抬到一个平坦、高洁、风景优美且设施完好的地方爬。

如果洗手，只能用手。触及污秽，杀人越货、偷盗的是人的手，清洁自身、抚慰人心的也是手。而救自己手的，是自己的手。

三、为什么会有双手双脚?

在人类还没有直立的时候，手脚都是行走工具。手足成双是为了交替前行（交替的是袋鼠）。而人进化之后，有了舟车辇舆之后，手成了备份。

不妨说，上帝还是不太相信人类具备精确的巧慧，于是赋予他们一双手。双手不仅合作、对称，手还可以补救另一只手的不足。

四、每日的功课。

手在洗脸之后开始洗手。假使说，洗脸是手的工作，洗手则是手的幸福生活。

人洗手的时候不曾注意过手的动作，它们——儿童和残障人的手除外——互相洗了几十年，何等默契、何等精巧、何等体贴。把手叫作兄弟已经不准确，如爱人。手和手就这么爱了一辈子。

虽然，手在社交的时候去握别人的手，但最多接触的还是自身的另一只手。

磨破鞋子，路才寂静

从朋友的墓地走出来，我突然感到路的虚假。

来的时候，我们在路上走，走到墓地，肃穆起来。想到逝者，而逝者在脑海里的印象并不坚实，是片段和一些影子。对逝者来说，是一群人站在高处低头看他，当然什么也没看到。

我们看到了草，草长在除河流之外的一切地方。它们出现，似乎只为遮住土壤。雨后的草格外茁壮，腰全拔了起来，叶子绿油油的像有人用布擦过。草地上的水杉树的树干带着水痕，阴面结着青苔。小鸟在飞行中鸣唱，它的歌声从不同的树上发出来，只有一只鸟唱。在这样充满生机的地方建造墓地似乎不合适。是的，所有的墓地与大自然都不谐洽，因为树、草和小鸟死后都没有墓。云没有墓，说散就散了。

我们走过来的这条小路在朋友的墓前停住了。路还会停吗？我平时似乎忽略了哪些路还在走，哪些路已经停顿。这里是乡下，是一处山野，路如果不停就无处可去，回来的时候，我们还走这条路，心情则出现前面说的异样。

这条路通向哪里呢？通向生活吗？

生活是活着的人的生存之地。这条通向生活的路看上去有点儿破败，不像通向墓地那一段青草萋萋。走向墓地时，小路毫无掩饰，如同通向游乐场。虽然草木在尽力生长，但还为逝者保留着安静。一个人死了，被埋在地下，虽然不太深，但他永远无法站起来返回地面。转回来，看到路，如同看到人的脚步和其他痕迹，他们在生、在走，最终走到一条安静的小路的尽头。而那条路又有人走来，站立，再转回去。

离开墓地的时候，我无由地回头看了看。其实，逝者如果不能返生，是无须回头看的。我竟看到草里有白花开放，不知什么草，花像水仙一样单薄无力。刚才怎么没看到这些花呢？我转回去看，又看到墓前有一片蚂蚁奔跑搬家。蚂蚁们合伙抬一只昆虫的翅膀，翅膀已经漏风了。小鸟比刚才唱得更欢，它藏在树的叶子里，期望人们以为是树叶在唱歌。小鸟用长短音、滑音和琶音说它们心头的一切。每只鸟固执地说一件事，不换话头。

禅宗把话欲说未说之际称为话头，说出来它就成了话尾。参话头参的是前后无念的一念，像把一座山安放在针尖上，而我找不到话头。友人聚谈时，我听他们说，心想：我要说什么呢？直到结束也没说出啥。这时想起我单位一人，他平生只运用两个字表达人生，连成片用——对对对、是是是，和鸟鸣差不多，都是单音节。

墓地在安静之中仍暗藏着这些忙碌，不光鸟和蚂蚁忙。风潜入，草叶摇摆万千。从云层钻出的阳光泼在每株草上，如洒水车一般。鸟、蚂蚁、青苔、阳光和我的朋友在这里各安其位，我只好走了，去走路。

空荡荡的路上仿佛装满了生活，走过去，就走到两种以上的选择之中，然而你只能占其中之一，你往前走或者退回来寻找别的路。每人每天要做的事其实就是走路，包括走家里通向餐桌、厕所和床的路。人醒过来下床，先低头看自己的鞋，要走路。从鞋里解脱的人，已经从人生的大部分事情上解脱了。

从墓地出来，我觉得眼前的路特别陌生，好像路不该是这样，而应有新式样。中医称这个状态为“怔忡”，电脑维修商管这叫“死机”，须重启。一旦走上人来车往的大路，什么都忘了，有可能整理思绪的机会已经没了。人和人到了一起之后，相互给予麻木的苟活力。而路，用它无限的延伸给人期望，也给人虚妄。人磨破了无数双鞋子之后，路才显示寂静。